projeto gráfico **FREDE TIZZOT**

encadernação **LAB. GRÁFICO ARTE & LETRA**

fotos **DANIEL SNEGE E JEAN SNEGE**

preparação do texto **JEAN SNEGE**

digitação **RAQUEL MORAES**

© 2024, Editora Arte & Letra

S 671
Snege, Jamil
Como tornar-se invisível em Curitiba / Jamil Snege. - Curitiba : Arte & Letra, 2024.

104 p.

ISBN 978-65-87603-75-9

1. Crônicas brasileiras   I. Título

CDD 869.4

Índice para catálogo sistemático:
1. Crônicas: Literatura brasileira   869.4
Catalogação na Fonte
Bibliotecária responsável: Ana Lúcia Merege - CRB-7 4667

ARTE & LETRA EDITORA
Rua Des. Motta, 2011. Batel
Curitiba - PR - Brasil / CEP: 80420-180
Fone: (41) 3223-5302
www.arteeletra.com.br - contato@arteeletra.com.br

Jamil Snege

COMO TORNAR-SE INVISÍVEL EM CURITIBA

crônicas

exemplar nº 239

Curitiba
2024

SUMÁRIO

APRESENTAÇÃO...6

COMO TORNAR-SE INVISÍVEL EM CURITIBA.........................9

MEU ABOMINÁVEL HOMEM PÚBLICO.................................13

EMPADINHAS, DÓLARES, POESIA......................................17

PARA MATAR UM GRANDE AMOR.......................................21

NO SEIO DA GRANDE MÃE SALSICHA.................................23

VOCÊ JÁ FOI CLEÓPATRA?..27

E ESSA ATRAÇÃO PELO MAR?...31

CUIDADO, SEU FILHO PODE SER UM INTELECTUAL.............35

O PARAÍSO DO FERNANDINHO..39

A IDADE DA SUKITA..43

CANTO DE AMOR E DESAMOR A CURITIBA.........................47

A SOLIDÃO É UMA BOLA FURADA......................................49

MINHA VIDINHA DE CACHORRO..53

ONDE VOCÊ ESTAVA EM 1500?...57

ESPOSINHAS POR UMA NOITE..61

DO JEITO QUE AS PAIXÕES ACABAM..................................65

MEUS CABELOS LONGOS E LINDOS...................................69

A CIDADE DE NOSSOS EXÍLIOS...73

PÃO QUENTINHO, MULHERES AMANHECIDAS.....................77

SOCORRO, CHEGARAM AS FÉRIAS..81

A ARTE DE TOCAR PIANO DE BORRACHA.............................85

O QUE NÓS COMEMOS DELAS..89

VIVER CAUSA IMPOTÊNCIA SEXUAL...................................93

JUVENTUD...97

COMO EU SERIA MULHER...101

APRESENTAÇÃO

A crônica, por sua conexão com o momento e o cotidiano, tende a ser efêmera. Como explicar, portanto, que os textos desta coletânea mantenham o verniz após um quarto de século? Talvez o leitor não o conheça, mas estamos diante de um grande escritor. Imprevisível, inclassificável, improvável. Jamil Snege, falecido em 2003, permanece vivo, atual e, principalmente, atemporal.

Criador de uma literatura rica e singular, escreveu o que quis, como quis, sem se prender a temas ou gêneros. Transitou entre contos, poesias, teatro, novela; produziu autoficção antes mesmo de cunharem tal definição; publicou por conta própria livros completamente diferentes entre si. Foi fiel apenas a sua arte e jamais se submeteu às condições do mercado editorial. "É um comportamento não-comercial que, ao mesmo tempo, me reservou o frescor que a literatura exerce.", dizia.

As crônicas aqui reunidas foram publicadas entre 1997 e 2000, e constituem uma parte importante e interessante da obra do autor. Quando surgiu o convite para assinar uma coluna em um jornal de grande circulação, abraçou a oportunidade como mais uma possibilidade de experimentação. Haveria, finalmente, um compromisso formal com a literatura. Sentar-se diante da tela branca, limitar-se aos prazos e ao número previsto de caracteres, deixar-se guiar pelas mãos calejadas do ofício, não apenas pelo dedilhar febril de Calíope.

O jornal, por seu grande alcance, levou Jamil a novos públicos. O vizinho no elevador, o motorista do táxi, um inesperado elogio ao telefone, uma colérica queixa remetida via postal. As reações eram quase imediatas e provocavam o autor. Foi uma fase mais popular e interativa, que influenciou seus textos.

Engendrado por Curitiba, Jamil usou a intimidade de quem percorreu suas entranhas para rasgá-la por dentro e expô-la do avesso, sem jamais se desvincular do objeto de suas contundentes palavras. Descreveu como ninguém a cidade e seus vícios.

Este livro, no entanto, extrapola as fronteiras físicas e transpassa a imensidão do universo criativo do autor. Alguns textos são deambulações divertidíssimas, nas quais Jamil implode a realidade e nos envolve em uma conversa vadia. Outros são reflexões sensíveis às notícias mundanas que nos cercam. Há personagens do nosso convívio, paixões extravagantes, pequenas revoltas solitárias, crises e confissões, sempre permeadas por seu lirismo negativista e um característico humor corrosivo.

Ao final, acabamos cúmplices de sua particular visão de mundo, de um sentimento constante (e cortante) de deslocamento e nos deparamos com a estranha sensação de que Jamil segue nos observando, pronto a (d)escrever toda a nossa inviabilidade existencial.

COMO TORNAR-SE INVISÍVEL EM CURITIBA

Você pode começar treinando numa dessas manhãs de muita neblina, à margem de um lago ou num bairro bem afastado do centro da cidade. Pode optar por uma rua deserta, no começo da noite ou numa véspera de feriado. Pode vestir um uniforme camuflado ou levar seu "personal trainer" a tiracolo, pouco importa. Esteja você com a síndrome do pânico ou com o coração amargurado, existe um método muito mais eficiente para tornar-se invisível em Curitiba do que essas deambulações pelos ermos da cidade. Embora não esteja ao alcance de todos, convém conhecê-lo, já que é absolutamente infalível e seus resultados surpreendentes. Primeira condição: você precisa ter talento genuíno. Estudar bastante também ajuda, mas não substitui aquele toque de gênio inconfundível que marca e distingue certas pessoas desde o berço. Pois bem. De posse desse talento que Deus lhe deu – e contra a falta de estímulo da família, do meio e particularmente da própria cidade –, você deve se atirar de corpo e alma na consecução de seu destino. Guiado unicamente pelo seu daimon, pelo seu anjo tutelar, você dará início à construção da sua lenda pessoal e dos projetos que dela advirão.

Você estará, finalmente, a caminho de tornar-se invisível. Cada conquista, cada livro publicado, cada poema, escultura ou canção, cada tela, espetáculo, disco, filme ou fotografia, cada intervenção bem sucedida no esporte, no direito ou na medicina, cada vez que alguém, lá fora, reconhecer com isenção de ânimo que você está produzindo obra ou feito significativo – o seu grau de invisibilidade aumenta em Curitiba. E é muito fácil perceber isso. Primeiro, não faltarão pessoas tentando dissuadi-lo de seu próprio talento. Tudo farão para reconduzi-lo de volta à mediania, ou melhor, à mediocracia, que é o sistema vigente nesse vago estrato a que denominamos cultura. Se você resistir, tentarão cooptá-lo com promessas de nomeações ou ofertas de emprego em atividades sucedâneas. Se você é um belo projeto de escritor, alguém tentará convencê-lo de que é melhor, mais lucrativo, ser um redator de propaganda. Se você é um jovem e promissor cirurgião plástico, com projetos de especialização no exterior, não faltará quem o convide para sócio de uma dessas empresinhas de medicina privada lá onde o diabo perdeu as botas.

Se mesmo assim você se mantiver fiel ao seu daimon, à sua lenda pessoal e não arredar o pé de seu destino, a invisibilidade torna-se então um processo irreversível. Os amigos mais chegados são os primeiros a acusar falhas em seus sistemas de radar quando o objeto a ser captado é você ou algo que lhe diz respeito. Os convites tornam-se mais escassos, o telefone já não toca como antigamente; e mencionar seu nome ou seus feitos, nas reuniões para as quais você não foi convidado, passa a ser tomado como gesto imperdoável de traição ao grupo. Desse momento em diante, só os inimigos falarão de você. Falarão mal, obviamente. E o mais curioso: à maioria desses "inimigos", a noventa por cento deles, você jamais falou, jamais sequer foi apresentado. Os amigos a gente escolhe; os inimigos escolhem-se a si próprios.

Esta talvez seja a parte mais cruel (ou mais irônica) da história. A sua visibilidade, enquanto pessoa, transfere-se para a imagem que os outros fazem de você. Pois é ela, a sua imagem, que circula e passa a frequentar os lugares para os quais você já não é solicitado. Não é mais você em pessoa – carne, sistema nervoso, personalidade, alma –, que se oferece à percepção do outro, mas uma espécie de correlato simbólico impregnado de tudo o que os outros lhe atribuem.

Para encurtar: vale a pena manter-se fiel ao seu daimon e cumprir com resignação cada etapa de sua lenda pessoal? Acho que sim. Curitiba está cheia de pessoas invisíveis.

MEU ABOMINÁVEL HOMEM PÚBLICO

Está claro que não vou declinar seu verdadeiro nome. Seria uma traição inadmissível. Mas, para dar consistência ao perfil moral que vou lhe esboçar, chamá-lo-ei de Freitas, o Abominável. Muito bem. Freitas, o Abominável, é meu íntimo e querido amigo. Há tempos alimentamos uma rústica e calorosa amizade. Alegre, jovial, Freitas é o rei da simpatia fulminante. Meia hora com ele e você será seu amigo para a eternidade. Freitas só não conquistou uma legião de admiradores por uma razão muito simples: é muito seletivo (julga-se) em relação a suas amizades. Quisesse, Freitas seria o sujeito mais popular e amado dessas freguesias. Não quis. Reserva-se para uns poucos iniciados, como um bom vinho ou um arcano esotérico.

Quem priva com Freitas, portanto, goza da suprema graça de conviver com um ser absolutamente amoral e canalha. Qualquer tartufo saído da imaginação de um Molière ou de um Dostoiévski empalidece diante do Freitas real e empírico que vemos a furar os semáforos de Curitiba com seu carrão importado. Ninguém é páreo para ele. Assume sem o menor pudor os atos mais condenáveis. Perto de Freitas, as mais sombrias personagens das CPIs do Senado não passam de bisonhos e inofensivos Teletubies.

Mas como, vocês perguntarão, tal portento consegue passar despercebido nesta Curitiba em que todos se conhecem? Eu respondo: questões de escala. Freitas sempre foi muito comedido em relação ao tamanho de suas presas. Nunca abocanhou nada que não conseguisse escamotear. E se hoje é um homem de dois ou três milhões de dólares, sua fortuna é um paciente entesouramento de quireras. Modestas prendas que foram se acumulando ao longo de uma vida de laboriosa rapacidade. Freitas é um exemplo edificante do que podem a persistência e o método, aliados a uma firme determinação. Garoto pobre, surrupiava garrafas vazias de vizinhos para vender. Ao voltar de um primeiro dia de trabalho, exibiu aos irmãos menores um reluzente grampeador. Borrachas e canetas esferográficas habitam até hoje as gavetas de sua cômoda. No Exército, lotado na cozinha do batalhão, implantou uma lucrativa lanchonete paralela – permutava tenras almôndegas do rancho dos oficiais por maços de cigarros, que revendia com ágio para os detidos em quartel.

Jovem ainda, em seu primeiro emprego público, descobriu uma maneira de imprimir apostilas na xerox da repartição. Galanteador por conveniência da moça da cantina, carregava quilos de café para casa. Papel higiênico eram dois rolos por dia, alojados na mochila do cursinho. Fez os quatro anos de faculdade com brilhantismo: revendia material escolar do MEC e, muito veladamente, o gabarito das provas com 70% das questões respondidas.

Vítima de intriga de invejosos, Freitas deixou o serviço público e foi para o interior. Negociou com gado e cera de abelhas. Conseguiu no Paraguai um rifle com cápsulas anestésicas, que em poucos meses lhe garantiu um plantel de gordas e distraídas novilhas. Purê de batatas – aprendeu com um velhinho matreiro –, acrescido à cera de abelhas derretida, aumentava-lhe consideravelmente o peso e o volume. Retornou à capital pelas mãos de um deputado, de quem se tornou assessor político e motorista ocasional. Reabertas as portas do serviço público, o bom Freitas erodiu almoxarifados, acumulou cargos e funções, concorreu com a Petrobrás na distribuição de combustível aos amigos, galgou posições, teve uma rápida passagem pelo primeiro escalão, retornou ao segundo e jamais cobrou além de 10% de comissão para dar a sua ajudazinha em licitações.

Aposentado por tempo de serviço, Freitas levou sua experiência para a iniciativa privada. Fez de tudo o que, privadamente, a livre iniciativa permite. Inclusive fornecer serviços ao governo, implacável em sua recusa ética de jamais molhar a mão de um eventual facilitador.

Família estruturada, belos filhos terminando a Federal (Freitas é defensor do ensino público, dever do Estado), situação econômica invejável, Freitas me visita com uma garrafa de uísque (surrupiada, suponho) e se confessa decidido a entrar na política. "Precisamos acabar com essa corrupção", declara, um brilho de indignada revolta no olhar. Encorajo-o, pois sei que Freitas está precisando colocar novas emoções em sua vida. "Estadual ou Federal?", quer saber minha opinião sobre qual dos legislativos quer honrar com sua candidatura. "Tanto faz, Freitas, o importante é moralizar essa coisa que aí está."

Ele se levanta, me abraça, me beija na testa. E me brinda com seu mais abominável e enternecedor sorriso, certo de que meu voto já está no papo.

EMPADINHAS, DÓLARES, POESIA

Reencontro Freitas no lançamento do livro de poesia de Amanda Alarcón. Bronzeadão, impecável calça de linho, ele me puxa para um canto:

– Nunca ganhei tanto dinheiro como no ano passado. Nunca me senti tão pobre.

Ele faz aquele seu famoso olhar de desalento, menino órfão abandonado nas esquinas do mundo. Não vejo senão partir imediatamente em seu socorro. O pobre Freitas precisa de um pavilhão auricular para verter suas mágoas. Que use o meu, pois, que está desocupado.

– Você não imagina o que é sentir-se pobre com um milhão de dólares no bolso – continua ele, o olhar atento na bandeja do garçom.

– Realmente, não imagino – respondo, pensando nos cinquenta reaizinhos que abrigo no meu bolso.

– Pois é. Depois de um ano de batalha, sabe em quanto aumentei minha grana? Dez por cento.

Fala isso exatamente quando o garçom estica o braço em nossa direção. Freitas agarra num bote certeiro três empadinhas.

– Mas dez por cento são 100 mil dólares, caramba – consolo-o.

– Claro que são. Não te falei que nunca ganhei tanto dinheiro?

– Então qual é o problema? – Freitas às vezes tem o dom de me irritar.

Ele acaba de abocanhar a terceira empadinha e me faz um sinal para esperar. Mastiga sofregamente, forrando os lábios de branco. Fico torcendo para que não carregue sua resposta de consoantes fricativas, pois do contrário serei impiedosamente aspergido de farofa.

– Falo desse terrível sentimento de impotência, de pobreza existencial. Sou um pobre, sabia?, sou um pobre!

Ao ouvir o desabafo de Freitas, o garçom, alma nobre, acerca-se de novo com a bandeja. O pobre milionário retribui com um sorriso meigo e arrebata quatro empadinhas de uma só vez. Coloca a primeira na boca, renova o sinal de espera, e continua:

– Minha vida perdeu qualidade. Em casa sou apenas o provedor, a mala de dinheiro. Uma espécie de banco 24 horas, assaltado de hora em hora pela mulher, pelos filhos, pelas empregadas. Se eu virar bicha, se passar a usar uma peruca loira, seios postiços, ninguém vai notar nada. Não me olham na cara. Sou o guichê pagador, a mala preta, a fenda do cartão magnético...

A indignação de Freitas é sincera e veemente. Tanto que a segunda empadinha mal consegue deixar rastro de polvilho nos lábios crispados. A terceira, idem, some no sorvedouro. Somente a quarta, contemplada do alto como a caveira de Hamlet, presta-se a uma reflexão patética:

– Por isso vim aqui. Vocês, intelectuais, não padecem desse mal.

A frase é condescendente e capciosa. Vale ao mesmo tempo como um elogio e um insulto. Vocês, pessoas de espírito sensível. Vocês, duros ridículos e alienados. Sinceramente, nunca aprendi a lidar com esse tipo de juízo. Intelectual...Partir para a briga ou retribuir com um encantador sorrido de modéstia?

Freitas engole a caveira, aliás, a quarta empadinha e olha em busca do garçom. Precisa beber alguma coisa, alias, merece beber alguma coisa. Sete empadinhas deixam a goela seca como o diabo. A boa alma se aproxima e Freitas escolhe um copo com suco de uva. O distinto mal vira as costas e Freitas segura-o pelo braço. Devolve o copo vazio e apanha outro. Antes de deixá-lo ir, reivindica novas empadinhas. E uns quibezinhos, completa, reproduzindo com o polegar e o indicador o tamanho dos petiscos.

Sede mitigada, Freitas aproveita para dar uma olhada ao redor. Seus olhos viajam até a mesa onde se encontra Amanda Alarcón, autografando exemplares de "Gritos da alma". Informo que Amanda é chilena e mora atualmente no Rio. "Gritos da alma" é seu terceiro livro de poemas. Freitas estala o dedo e me arrasta pelo braço.

– Mulher interessante. Vamos comprar nosso exemplar.

Diante do balcão de vendas, o esforço de Freitas é comovente. Mas não consegue achar nem carteira, nem cartão de credito, nem talão de cheques. Esqueceu-os, tão atribulado, coitado. Saco do bolso minha notinha de cinquenta reais e pago os dois exemplares, antes que alguém o fizesse, pobre Freitas.

Depois dos autógrafos e dos alarcônicos sorrisos de Amanda, acompanho Freitas até a porta. Na passagem, ele subtrai do garçom meia dúzia dos prometidos quibezinhos e acena da calçada.

Retribuo o aceno de Freitas, sentindo-me vinte dólares mais pobre.

PARA MATAR UM GRANDE AMOR

Muito se louvou a arte do encontro, mas poucos louvaram a arte do adeus. No entanto, não há gesto tão profundamente humano quanto uma despedida. É aquele momento em que renunciamos não apenas à pessoa amada, mas a nós mesmos, ao mundo, ao universo inteiro. O amor relativiza; a renúncia absolutiza. E não há sentimento mais absoluto do que a solidão em que somos lançados após o derradeiro abraço, o último e desesperado entrelaçar de mãos.

Arrisco mesmo a dizer: só os amores verdadeiros se acabam. Os que sobrevivem, incrustados no hábito de se amar, podem durar uma vida inteira e podem até ser chamados de amor – mas nunca foram ou serão um amor verdadeiro. Falta-lhes exatamente o dom da finitude, abrupta e intempestiva. Qualidade só encontrável nos amores que infundem medo e temor de destruição.

Não se vive o amor; sofre-se o amor. Sofre-se a ansiedade de não poder retê-lo, porque nossas cordas afetivas são muito frágeis para mantê-lo retido e domesticado como um animal de estimação. Ele é xucro e bravio e nos despedaça a cada embate – e por fim se extingue e nos extingue com ele. Aponta numa única direção: o rompimento. Pois só conseguiremos suportá-lo se ocultarmos de nossos sentidos o objeto dessa desvairada paixão.

Mas não se pense que esse é um gesto de covardia. O grande amor exige isso. O rompimento é sua parte complementar. Uma maneira astuciosa de suspender a tragédia, ditada pelo instinto de sobrevivência de cada um dos amantes. Morrer um pouco para se continuar vivendo. E poder usufruir daquele momento mágico, embebido de ternura em que a voz falseia, as mãos se abandonam e cada qual vê o outro se afastar como se através de uma cortina líquida ou de um vitral embaçado.

Há todo um imaginário sobre os adeuses e as separações, construído pela literatura e pelo cinema. O cenário pode ser uma estação de trem, um aeroporto (*remember* Casablanca), um entroncamento rodoviário. Pode ser uma praça ou uma praia deserta. Falésias ou ruínas de uma cidade perdida. Pode estar garoando ou nevando, mas vento é imprescindível. As nuvens devem revolutear no horizonte, como a sugerir a volubilidade do destino. Os cabelos da amada, longos e escuros, fustigam de leve seus lábios entreabertos. Há sutis crispações, um discreto arfar de seios. E os olhos, ah!, os olhos... A visão é o último e o mais ágil dos sentidos que ainda nos une ao que acabamos de perder.

Uma grande dor, uma solidão cósmica, um imenso sentimento de desterro. Que se curam algum tempo depois com um amor vulgar, desses feitos para durar uma vida inteira...

NO SEIO DA GRANDE MÃE SALSISHA

Estou cada vez mais convencido da origem extraterrena do homem. Não que acredite em deuses astronautas ou anjos geneticamente perfeitos que aqui desceram para apurar a raça dos humanoides. Nada disso. Para meu entendimento, a coisa obedeceu a objetivos bem mais pragmáticos. Querem ouvir?

Muito bem. Acredito que fomos colonizados, num passado distante, por representantes de uma grande fábrica interplanetária de salsichas. Uma espécie de Sadia intergaláctica, que aqui aportou com a missão de implantar uma unidade experimental de fomento animal. Trouxeram alguns casais de uma família de primatas boa de corte e de fácil manejo, cujas condições de reprodução em nosso planeta lhes parecia viáveis. Afinal, já existia na fauna terrestre a ordem dos primatas. Embora representada por famílias menos evoluídas, o novo alienígena não tardaria a estabelecer relações com orangotangos, chimpanzés, gibões e gorilas – com os quais descobriria, como de fato descobriu, grandes afinidades.

Durante o tempo em que permaneceram na Terra, os salsicheiros extraterráqueos exultaram com o sucesso da missão. Fosse pela fartura de alimentos ou pelo clima favorável, os humanos reproduziram com grande entusiasmo. Era um tal de copular a toda hora e a todo momento. E o mais importante: pareciam encontrar um enorme prazer nisso, ao contrário do que sucedia em seu planeta de origem. Lá nos confins de Alfa Centauro, numa terrazinha esquálida e radioativa, os humanos só conseguiam se reproduzir em laboratório. Mostravam-se inapetentes, abúlicos, indiferentes. Preferiam os computadores e as discussões teológicas ao sexo. Para obter uns míseros 40 quilos de carne, o criador de humanos tinha de esperar 20 anos e gastar uma fortuna com ração, vitaminas, bebidas alcoólicas, drogas, revistas em quadrinhos e fitas de vídeo. Aqui não havia nada disso. Os humanos pareciam reencontrar a euforia original da espécie. Corriam em algazarra, balançavam-se em cipós, trepavam em árvores e comiam todos os frutos e insetos que encontravam pela frente. Os filhotes cresciam sadios e aos dois anos já pesavam o equivalente a um alfacentaureano de cinco. E o mais importante: criados em liberdade, com um farto regime onívoro, sua carne apresentava um novo e refinado sabor. Pedaços congelados de um macho adulto foram reservados para presentear na volta os executivos da companhia.

Ao cabo de 18 anos, que foi o tempo que os extraterráqueos demoraram-se aqui, todos os cálculos feitos indicavam a viabilidade do projeto. Mesmo os custos de transporte, apesar da longa distância, mostravam-se compensadores. A produção inicial era estimada em 100 ton/mês, a partir do vigésimo ano, reduzindo-se o tempo de abate para 14 anos ou 52 quilos. Sucesso absoluto.

Os humanos poderiam continuar por séculos e séculos como a grande fonte de matéria-prima para as apreciadíssimas salsichas de Alfa Centauro não fosse um pequeno, porém decisivo, detalhe. Durante o período de implantação do projeto, os zootécnicos extraterrestres perceberam que outros animais, particularmente da família dos suídeos e bovídeos, que viviam nas imediações da unidade de fomento, mostravam um desenvolvimento corporal e um ganho de peso significativamente superiores aos dos primatas. Boa carcaça, tecidos bem formados e – vencida a relutância inicial – carne de sabor bastante agradável. Com alguns aditivos químicos, nenhum consumidor perceberia que não se tratava de carne humana.

Como o capitalismo, em qualquer lugar do cosmo, não mostra muitos escrúpulos quando a questão é o lucro, a decisão tomada pelos extraterráqueos foi exatamente esta que vocês estão pensando; embarcaram alguns casais de suídeos e bovídeos na grande nave e sumiram da vista dos humanos na forma de uma bola de fogo engolida pelo céu.

Desde então, geração após outra, os mitos dos homens se referiam confusamente a essa experiência inaugural. Anjos, deuses, um irrefreável pendor para sondar as noites escuras e estreladas. E a estranha sensação de que o lugar do homem não é exatamente aqui na Terra.

VOCÊ JÁ FOI CLEÓPATRA?

Se você tem alguns trocados sobrando, uma boa sugestão para quebrar o tédio é arranjar rapidamente um analista. Não um psicoterapeuta tradicional, com suas rigorosas sessões horárias de 50 minutos, mas um profissional que aplique a técnica – é o *dernier cri* do momento – denominada terapia de vidas passadas. É um baratão, leitor. Durante duas horas você vai regredir, através da hipnose, a um estágio de consciência anterior ao seu próprio nascimento. Ou melhor: anterior àquele momento em que você-espermatozoide rompia a capa do você-óvulo e engendrava essa coisinha graciosa chamada você-você mesmo. Pensou que tudo começava aí, não é mesmo? Pois o terapeuta vai provar o contrário. Aliás, você mesmo vai fazer isso. Vai experienciar outras vivências, épocas distintas e países diferentes. Vai mudar de sexo, de roupa, de status social. E vai poder relatar aventuras maravilhosas, nas quais não raro aparecerão dragões, batalhas equestres, personagens mitológicas, monstros aterradores. E você ali, feito um Indiana Jones, espetando seus inimigos com a reluzente excalibur ou sendo cruelmente arremessado na boca de um vulcão.

Não é divino? De repente, a vidinha burra que você levava até então não tem mais sentido. Você agora é um trânsfuga de épocas heroicas. Seu estatuto ontológico é múltiplo. Seus problemas ganham uma dimensão atemporal, que recobre vários períodos históricos. Aquela dorzinha crônica de cabeça – você descobrirá – teve origem num passado remoto, quando, no cerco de Nabucodonosor a Judá, uma trave desprendeu-se e atingiu em cheio a sua nuca. Essa sua aversão a lugares fechados, aparentemente uma reminiscência dos tempos de internato, iniciou-se na realidade em 1683 quando, no cerco de Viena pelos turcos, você teve de ficar escondido num porão cheio de ratos.

Longe de mim contestar por contestar a reencarnação ou as tais técnicas de terapia regressiva. Longe de mim pôr em dúvida as provas zelosamente coligidas pelos pesquisadores de nossas supostas vidas passadas. Uma coisa, entretanto, minha pobre ignorância não consegue compreender. Por que, em vidas anteriores, sempre fomos reis, rainhas, sacerdotes, princesas, feiticeiros? Por que fomos a rainha de Sabá, o capitão Cook, um discípulo dileto de Sócrates, a favorita de Saladino, o lugar-tenente de Átila ou, mais frequentemente, o próprio Alexandre, o Grande? Por que cargas d'água, ó Zeus, ninguém nunca foi um ascensorista mexicano, comerciante de bananas em Trinidad e Tobago, vendedora de pamonha na feira de Cascadura ou tratador de macacos do Beto Carrero World? Por que quinze mil generais e nenhum cozinheiro? Por que marquesas, duquesas e baronesas aos borbotões e nenhumazinha, uma só que fosse, amante estrábica do último dos cavalariços de Luís XIV? Por que somente vidas trágicas, retumbantes, e nenhuma vidazinha a se extinguir anônima durante uma epidemia de tifo?

A menos que alguém dissipe as trevas que me toldam a compreensão, arrisco afirmar que a reencarnação é um fenômeno aristocrático e seletivo que guarda íntima semelhança com outro fenômeno seletivo e aristocrático – que são as fantasias que escolhemos para brincar o carnaval. Não são as mesmas personagens? Não são os mesmos tipos? A única diferença é que, nas fantasias carnavalescas, a paródia e a galhofa criam um distanciamento que imprime um sentido de humor e crítica social totalmente ausentes na análise. As psicoterapias regressivas querem-se sérias – e talvez por esse motivo nunca serão encaradas muito seriamente.

Ora, todo mundo sabe que a eficácia de uma técnica não significa que ela se apoie sobre uma hipótese cientificamente correta. Há muitos métodos de cura, que até funcionam, não obstante partirem de premissas totalmente equivocadas. Será que a terapia de vidas passadas não é mais uma dessas práticas? Será que no lugar de lembranças de vidas anteriores nós não estaríamos diante de conteúdos do imaginário popular, essa espécie de inconsciente coletivo ou memória genética da raça?

Uma sugestão aos terapeutas da reencarnação: pesquisem o imaginário. Tentem penetrar nessa usina de representações simbólicas. Sou capaz de apostar que as vidas passadas de vossos pacientes são as mesmas que desfilam todos os anos na Marquês de Sapucaí.

E ESSA ATRAÇÃO PELO MAR?

No verão passado a Gazeta me perguntou por que as pessoas, com tantos lugares para ir, insistem tanto em ir à praia. Eu, gaiatamente, alinhei três razões. Primeira e mais óbvia: porque vivemos longe dela. Segunda: porque dificilmente a praia virá até nós. E, terceira e fundamental: vamos à praia porque imaginamos que as pessoas que convivem conosco adoram a praia; e elas vão à praia conosco porque imaginam a mesma coisa a nosso respeito.

E fui mais adiante. Declarei que praia é uma chatice. Que tem areia em excesso. Água salgada em excesso. E, contradição das contradições, é contraindicada no horário comercial, ou seja, das 10 da manhã às cinco da tarde, que é o período quando temos mais tempo para desfrutá-la. Os médicos nos ameaçam com câncer de pele, bicho geográfico e toda sorte de fungos e micoses. Mas os salva-vidas se opõem terminantemente se, atendendo aos médicos, resolvermos apanhar sol e nadar somente à noite.

Por que, então, tanta insistência em irmos à praia?

Depois de um ano de profunda meditação, imerso em conjecturas, creio ter me aproximado da reposta. Vejamos. A vida começou no mar. O primeiro animal terrestre evoluiu a partir de um ancestral marinho. A vida saiu das águas e gradativamente foi colonizando a terra, desdobrando-se em mil formas diferentes. Durante esse longo processo de adaptação, alguns animais resolveram retornar ao oceano –

e aí se incluem as baleias, os golfinhos e outros mamíferos aquáticos. O homem, que é uma das mais recentes invenções da natureza (não se fazem mais animais como antigamente), só agora, talvez admitindo sua inviabilidade terrestre, começou a sentir esse impulso atávico de retorno aos oceanos. Note-se que esse é um fenômeno recente. No tempo de Machado de Assis, ninguém frequentava praia no Rio de Janeiro. As pessoas subiam para Petrópolis, Andaraí – e o único personagem que se aventurava a dar umas braçadas na enseada do Botafogo era o torpe Escobar, não por acaso filho de uma família de paranaenses...

Mas isso é outra história. Fenômeno recente, dizíamos, mas que atinge hoje proporções alarmantes. Em todas as partes do mundo, particularmente durante os verões, imensas hordas de bípedes humanos deslocam-se em direção ao mar, congestionando estradas, hotéis, pousadas, casas de parentes. Desprovidos de barbatanas e de outros recursos hidrodinâmicos, limitam-se a aglomerar as praias. Raros são os que se aventuram a um mergulho mar adentro; suas habilidades no ambiente aquático são equivalentes às de um peixe tentando escalar uma árvore. A maioria permanece torrando ao sol, rolando na areia, sem ter consciência de que é comandada por uma determinante filogenética, que se oculta no interior de seu próprio DNA.

Essa nostalgia do oceano primordial, espécie de surto psicótico coletivo, não poupa ninguém. Todos exibem os mesmos sintomas e sinais: uma vontade irreprimível de tirar a roupa, besuntar a pele com substâncias oleosas, ingerir grandes quantidades de líquidos e entregar-se a certas danças rituais de acasalamento, que tanto podem ocorrer na praia mesmo ou nas boates depois que o sol se põe. As mulheres são mais suscetíveis que os homens a esses folguedos amorosos e frequentemente as mais frustradas; para muitas delas, a única experiência vagamente sexual de que se lembram, finda a temporada, foi ter chupado um Chicabon.

Quanto tempo ainda devemos esperar para que voltemos todos saltitantes para a água, pondo fim a esse ciclo que apenas se anuncia?

Não sei ao certo. Mas acredito que dentro de uns dois ou três milhões de anos alguns de nós estejamos dando saltos ornamentais num aquário na Florida, sob o aplauso de uma nova raça de terráqueos que ocupou nosso lugar...

CUIDADO, SEU FILHO PODE SER UM INTELECTUAL

Outro dia pensando nas minhas desandanças, imaginei publicar um classificado na seção de achados e perdidos: "Perderam-se, no espaço compreendido entre literatura e a publicidade, alguns anos muito preciosos. Quem os encontrar favor devolver a fulano de tal, rua tal etc., mediante generosa gratificação".

Que gratificação? Livros, evidentemente. Embora duvido que alguém aceitasse.

Porque não existe, no mercado de usados, nenhum objeto de valor mais aviltado que o livro. Até os móveis obtêm melhor preço. Um livro pelo qual você paga hoje, digamos, 20 reais, na próxima quinta-feira não valerá mais do que três. Isso sem contar as seis ou sete horas que você perdeu com a sua leitura. A razão de oito reais por hora, para ficarmos na faixa de um salário médio, o prejuízo vai a 50 reais, mais os quinze do livro. Conclusão: qualquer pai ou mãe de bom senso, ao flagrar seu filho com um livro debaixo do braço, deveria botar a boca no mundo. Ou recorrer imediatamente à ajuda de um profissional.

Arrisco até a cunhar um neologismo para caracterizar essa doença pelos livros que ataca um em cada mil jovens brasileiros: biblioadição. Embora sua ocorrência seja relativamente rara, não deixa de ser preocupante. Mas também não é preciso se alarmar demasiado. Existem formas brandas da doença, que desaparecem logo após a adolescência. Dir-se-ia mesmo que todas as crianças são altamente propensas ao mal, portadoras passivas do vírus da leitura. Basta ver com que prazer elas se entregam às revistas em quadrinhos. Mas a mesma escola que as induz ao vício, quando pequenas, igualmente as afugenta dele. Vejam o que acontece quando os professores as obrigam, então adolescentes, a ler uma série de livros como tarefa escolar. É um castigo terrível. Especialmente durante os exames vestibulares, quando a carga de leitura atinge níveis insuportáveis.

Mas os professores são sábios. Aquela overdose de livros tem exatamente a finalidade contrária. Vacinar o jovem contra a leitura. Se vocês pensavam o oposto do que foi dito, podem ir modificando seus juízos. Nem o ensino médio e tampouco a universidade querem transformar seus filhos em seres pensantes. A vida é que poderá fazê-lo, mas aí as autoridades já não têm qualquer responsabilidade.

Mas vamos em frente. Se você perceber uma fixação anormal nos seus meninos pela leitura, o melhor mesmo é tratá-los com carinho. Procure compreendê-los. Ligue a televisão dia e noite, compre novos videogames, disserte sobre temas como multimídia e realidade virtual. Promova ruidosos churrascos na cobertura, convide os parentes mais imbecis, jogue cartas, compre uma bateria e uma guitarra elétrica, agite, enfim. Se no meio da algazarra seu filho sofrer uma recaída e se afastar para o quarto, com um abominável Machado de Assis debaixo do braço, vá ao seu encontro. Afague-o, tome-o pela mão e reconduza-o novamente para junto dos demais. Sem que ele perceba, atire o pobre e infeliz Machado pela primeira janela aberta e induza o recalcitrante leitor a dançar com a garota mais tonta e sexy que estiver por perto. É uma tarefa que requer amor, compreensão, dedicação e, sobretudo, cumplicidade. Ele precisa perceber que você, mãe ou pai, fará tudo para o seu bem.

Ao cabo de muito sacrifício, você poderá obter o mesmo sucesso que obtiveram pais e mães em vários países desenvolvidos cujos filhos demonstravam um irreprimível pendor às coisas do espírito. Mas se não conseguir salvar seu garoto ou garota das garras da escritura, não se desespere. Um idiota a menos na família não fará qualquer diferença.

O PARAÍSO DO FERNANDINHO

Meu amigo Fernandinho, ou melhor, Fernando Wagner de Abreu Duarte convidou-me para conhecer sua nova casa num condomínio fechado em Santa Felicidade. Um paraíso, ele se antecipa, os olhos vidrados de êxtase.

Domingo de tarde, céu azul, lá vou eu rumo ao paraíso. Os guardas da portaria me confirmam pelo interfone e um deles avisa: é a quinta casa à direita, tem um pavão pintado no vidro. Entro por uma alameda sombreada à procura do pavão e dou de cara com Fernandinho eriçando suas plumas hospitaleiras. Não precisa chavear o carro, ele sugere; pode inclusive deixar os vidros abertos. Reluto, mas obedeço. Dou uma olhada ao redor e só vejo seres angelicais: garotos andando de bicicleta, senhoras pastoreando cães, um velhinho lendo jornal à sombra de um plátano. Não deve ser um plátano, mas tanto faz; é o único nome de árvore que me ocorre no momento.

Fernandinho traz uma cerveja e sentamo-nos na varanda. Aproveito para perscrutar a vizinhança. Além das personagens já descritas, descubro um cidadão lavando um carro, uma garota de patins, um casal de namorados deslizando rua abaixo. Estranhamente, todos têm o mesmo sorriso. Olho para o Fernandinho e ele me olha estranhamente, com um sorriso idêntico. Concluo que é um sorriso exclusivo dos moradores do condomínio, um sinal de perene bem-aventurança que os distingue do restante dos mortais. Deve ter sido entregue pelo incorporador junto com as chaves para ser usado apenas em condomínios fechados.

Minutos depois, chega um vizinho. Trocamos amabilidades mas ele percebe, pelo meu sorriso, que sou um tenso habitante extramuros; não consigo sorrir com a mesma amabilidade. Entram os dois em busca de uma furadeira ou de um cortador de grama e aproveito para me consultar a respeito da experiência que estou vivendo. Descubro-me entediado. Meu carro permanece estacionado na pracinha central com os vidros abertos e ninguém tentou surrupiar-me o toca-fitas. Estou a três passos da calçada e nenhum mendigo intimou-me a contribuir para mais uma justa distribuição de renda. Se ao menos um bebum me pedisse um gole de cerveja meu domingo já estaria salvo.

Para fugir do tédio, que ameaça mudar-se em depressão, começo a imaginar o que faria para tornar o condomínio de Fernandinho um pouco mais excitante. Primeiro, deixaria entrar dois ou três trombadinhas; o velhinho à sombra do plátano seria um ótimo teste de estreia para eles. Em seguida, transformaria a casa diante da qual o tal sujeito lava o Vectra num boteco apinhado de bêbados. Um carro com policiais atirando podia muito bem substituir a moça com patins. Os garotos das bicicletas seriam surpreendidos por um ladrão de bicicletas, que invadiria o condomínio na garupa de uma moto.

O casal de namorados seria arrancado de seu idílio pela chegada intempestiva de um terceiro elemento: o noivo traído, querendo resolver a questão à faca. Nessa altura, explodiria uma terrível briga de cães; a senhora que pastoreava seu cãozinho precisaria de no mínimo quinze pontos para suturar um talho na perna. Para completar o clima de normalidade, Fernandinho discutiria com o vizinho e enfiaria a furadeira ligada em seu umbigo. Ou a motosserra, pois até agora não sei que objeto o outro veio tomar emprestado.

Preso o tarado da motosserra, socorrida a mulher abocanhada pelos cães, o velhinho do plátano devidamente atendido pelo Siate, eu iria tranquilamente embora sem me dar conta do roubo do meu toca-fitas. Com a fuga do ladrão de bicicletas e dos trombadinhas, os bêbados voltariam a seus copos com um brilho de paz verdadeira nos olhos aquosos.

Antes de passar pelo portão dos guardas, eu prestaria uma homenagem ao condomínio de Fernandinho: a derrubada de todos os muros. Seria o primeiro condomínio fechado aberto do mundo. Fernandinho jamais me convidaria novamente. E eu passaria meus domingos lendo Jorge Luis Borges, para ver se aprimorava meu estilo.

A IDADE DA SUKITA

A repórter Luciana, da CBN, me pede um depoimento sobre o tópico "A vida começa aos quarenta". Meu comentário será reproduzido no sábado, à viva voz, no meio de um programa sobre a meia-idade. Um minuto mais ou menos, durante o qual devo mostrar toda a minha argúcia e inteligência. São dez e vinte, estou acordando, a sineta do telefone ainda retine em meus ouvidos. Voz pastosa, um gosto de guarda-chuva na boca, umas sobras de material onírico trafegando pelo cérebro, peço um tempo à Luciana. Ela me concede vinte minutos, eu agradeço.

Coloco a água para o café e enquanto descasco uma banana (impulso atávico, irresistível, que confronta todos os dias com a constatação de que eu e os chimpanzés temos uma relação de parentesco bem mais íntima do que se supõe) penso no que direi logo mais. A primeira coisa que me ocorre a respeito da vida que começa aos quarenta é aquela série de comerciais da Sukita, na qual o trêfego cidadão de meia-idade tenta conquistar uma garota de vinte. Ele se insinua, insiste – e ela invariavelmente o rechaça com um arrasador "tio", talvez a forma de tratamento mais corrosiva e reveladora do desdém que as novas gerações dedicam aos mais velhinhos. Não existe vendedor de chiclete em sinaleiro nem guardador de carro que não nos imprima um "tio" ou "tia" na testa à menor aproximação. Pois a garota da Sukita não deixa por menos; a menor investida do quarentão – um adepto das tradicionais laranjas in natura –, pespega-lhe um humilhante "tio" no nervo exposto. A voz off confirma a rejeição: "Quem bebe Sukita não engole qualquer coisa"...

Que vou dizer à CBN? Bancar, hipocritamente, o arauto da esperança e afirmar que é verdade, sim, que a vida começa aos quarenta? Enquanto mastigo a segunda banana, tento reproduzir na memória algumas cenas dos meus próprios quarenta anos. Estremeço só de lembrar. Ó, terror! Divorciado, morando sozinho, frequentando uma roda de malucos que se reunia todas as noites no Hotel Colonial, me agarrando freneticamente à vida enquanto a morte, eu supunha, já fungava ao meu cangote, vivi todos os dissabores da meia-idade. Com a agravante de que a minha crise da meia idade foi a mais longa que a ciência já registrou. Começou aos 33 anos, durante um joguinho de futebol na casa do Fábio Campana, e não exagero se afirmar que dura até hoje. Pode ter diminuído de intensidade, mas nunca me abandonou. Os achaques de uma recidiva doença do pânico ainda me assaltam de vez em quando (fui o pioneiro na doença do pânico, do tempo em que a chamavam de distonia neurovegetativa) e não acordo um único dia sem considerar a possibilidade da estação espacial Mir desabar justamente sobre minha cabeça.

Mas não pensem que encaro com pessimismo este permanente desacordo entre o que somos e o que sonhamos. A vida é um jogo de acasos extremamente divertido. Agora mesmo, quando tento capturar as coisas terríveis que me sucediam aos quarenta anos, me flagro assediado pelas lembranças mais frívolas e irresponsáveis. As meninas de vinte anos, pelas quais me apaixonava perdidamente (não tomavam Sukita nem me chamavam de tio); as madrugadas de pândega e gaiatice, na roda de doidos do Hotel Colonial; as manhãs indevassáveis (nunca acordávamos antes do meio-dia); a cara de tolo do meu chefe, tentando parecer severo, ao me ver chegar para o trabalho no meio do expediente da tarde, fresco e loução; os copos e pratos que esvaziávamos com sofreguidão esfuziante ao longo de festas que não tinham hora para terminar (na casa do Roberto Requião rolava uma macarronada às seis da manhã, para espanto e escândalo dos vizinhos que iam à missa). Como disse Sérgio Rubens Sossela num poema, "Os piores anos de minha vida estão sendo os melhores"...

O telefone volta a tocar, já se passaram mais de vinte minutos, é Luciana do outro lado cobrando meu depoimento. Pigarreio e procuro embutir, nos 60 segundos que me cabem, minha contribuição pessoal ao debate. A vida começa aos quarenta? Faço uma salada dos diabos, misturo Sukita, futebol e poesia, tudo comprimido em um exíguo minuto radiofônico.

Falei de futebol? Ah, sim, me lembro. Disse que a sensação que eu tinha, aos quarenta anos, era de estar voltando ao campo para o 2° tempo de um jogo em que meu time, com dois jogadores expulsos, perdia de 3 a 0. Hoje a percepção mudou: faltam vinte e poucos minutos para acabar, está de 3 a 2 e já chutamos duas bolas na trave.

CANTO DE AMOR
E DESAMOR A CURITIBA

Há uma Curitiba de 307 anos, há uma Curitiba de 332 anos. E há uma Curitiba ainda mais velha, guardada como um junquilho ressequido dentro de um missal vindo de Lisboa.

Há uma Curitiba cruel, outra fiel. Uma que aprisiona e maltrata, outra que cura tuas feridas com a salivinha gelada dos rocios.

Há uma Curitiba sonâmbula, vigiada por uma lua de osso contra a qual se lançam cães da insônia, e uma plácida Curitiba em quarto-crescente, com suas tetas povoadas de êxtases e ternuras.

Uma ri um riso desdentado de ventos, que lambe com sofreguidão os telhados, outra inunda tua janela com o inesperado perfume de uma saudade antiga.

Uma que extravia teus passos por um labirinto de espelhos enevoados, outra que te reconduz, intacto, ao mundo das concretudes e das transparências.

Uma Curitiba espectral, cindida por navalhas e gritos, o brilho da morte coagulado nos metais, e uma Curitiba matinal, maternal, que indeniza o filho pródigo com um prato de mingau polvilhado de açúcar.

Uma Curitiba de refresco de framboesa, inocente e eucarística, que se pronuncia com um travo de fruta verde na língua, e uma Curitiba que é uma interlocução de lábios bambos, bares afora, num ritual caudaloso de imprecações e blasfêmias.

Uma Curitiba que te promete um paraíso de campos bordados de bostas, onde vacas opalescentes ruminam tenros crepúsculos, e uma Curitiba que te atira no inferno da existência, no qual demônios de hálito doce e ancas lascivas rasgam tua carne com unhas escaldadas de gangrena.

Há uma Curitiba de manjedouras acetinadas, recendendo a lavandas e beijos, nas quais se vela o sono dos primogênitos, e uma Curitiba de marquises rotas, escuridão e mijo, sob as quais se aninha o torpor dos meninos que cheiram cola.

Há uma Curitiba das recém-casadas, janelas aéreas, enxovais de linho, e uma Curitiba das velhas putas – olhar turvo sobre as pedras gastas.

Há uma Curitiba de afogados, degolados e suicidas – e sobre essa Curitiba nós clamamos tua indulgência, ó Senhor.

Há uma Curitiba de glutões, vendilhões, usurpadores – e por esta Curitiba de avidez e cobiça nós rogamos que espalhes as cinzas da tua ira.

E há ainda a Curitiba dos puros, dos corações desarmados, daqueles que a cada manhã refazem de qualquer retalho a teia de suas vidas – sobre esses, ó Senhor – velhos, viúvas, operários, menininhos – sobre eles a torrente de tua magnanimidade, porque são eles que retecem a teia de Curitiba, amém.

A SOLIDÃO É UMA BOLA FURADA

Se você é umególatra incurável, desses que acham que o centro do universo coincide com o seu próprio umbigo, pode tirar o cavalinho da chuva. No próximo milênio, as grandes emoções reservam-se para as grandes audiências. E serão, necessariamente, vividas no plano coletivo, numa espécie de retorno ao alegre e borbulhante tribalismo no qual o mundo civilizado mergulha de tempos em tempos.

Será um período de estandartes e bandeiras, de símbolos e hinos, de cores e coreografias – cada qual procurando dissolver suas características individuais no grande caldeirão das personalidades coletivas. Não haverá João nem Maria, nem office-boy nem PhD, mas um poderoso espírito ancestral, totêmico, conferindo uma superidentidade a todos que o invocarem com a devida paixão.

Irracional? Sem dúvida. Todos os movimentos de massa são irracionais. Desde a revolução de outubro de 1917, na Rússia, até maio de 1968, na França, passando pelas Diretas Já, no Brasil, um fio de irracionalidade perpassa e une os agentes envolvidos. A personalidade se retrai e cede lugar a uma persona múltipla, que se reproduz em cada rosto – a exemplo dos caras pintadas que saíram às ruas para pedir a cabeça de Collor. Eis a grande força e surpreendente vitalidade dos movimentos massivos; liberto das zonas escuras onde foi confinado pelos supostos entes da razão, o irracional emerge e se apossa de todos num verdadeiro delírio coletivo.

Não se trata de aqui lamentar a escalada da desrazão ou de fazer sua apologia. O que interessa é destacar dois aspectos que estão embutidos na questão. Um deles é o hedonismo. Existe, realmente, um objeto do prazer envolvido nas manifestações de massa. É como se o próprio ego se diluísse num prolongado orgasmo, alienando o sujeito do pequeno cárcere de sua individualidade. Perder-se de si, dissolver seus contornos, mergulhar nas águas matriciais da espécie – esse o êxtase prometido e alcançado. Um vago sentimento oceânico que se insurge contra toda ideia de individualização. Quanto mais radical a negação do eu, mais intensa é a possessão pelo espírito da tribo.

O outro aspecto refere-se ao poder. Desfilar com as cores de sua facção ou mesmo com a camisa de seu clube de futebol confere ao indivíduo uma qualidade mágica, que se opõe ao seu cotidiano de pequenos tropeços e revezes. Ele encarna o poder que o transfigura num guerreiro – exatamente o oposto do que lhe oferece a frágil e vulnerável existência individual. Mesmo uma possível derrota não chega a representar uma catástrofe, pois o próprio sentimento de perda é compartilhado.

Mas por que, afinal, todo esse palavrório a respeito da socialização das emoções, da projeção da afetividade no plano das experiências coletivas?

Inveja, senhores. Pura inveja. Ao contrário do livro, essa coisa detestavelmente individualizante, a bola é um objeto social. Lisa, sem arestas, é feita para correr de mão em mão ou de pé em pé e não raro se eterniza em belas trajetórias que transcendem o espaço físico dos estádios e as limitações do tempo. Quando vejo essa multidão de atleticanos, de flamenguistas e são-paulinos comemorando seus títulos de campeão, com a alegria mais autêntica e deslavada desse mundo, fico a lamentar minha egocêntrica pessoa, aprisionada no pequeno espaço das performances individuais. Porque nunca fiz o gol do título, porque nunca fui capaz de torcer com paixão, porque nunca atravessei o gramado de joelhos, enrolado na bandeira do meu clube, estou condenado a trocar a esfericidade da bola pelo retângulo perverso da escritura, a colher os pequenos frutos da minha lavoura literária sem ouvir um grito de gol – ou uma vaia sequer.

MINHA VIDINHA DE CACHORRO

Este texto foi psicografado, por isso é importante que eu me identifique logo como seu verdadeiro autor. Meu nome é Tarugo – não me perguntem por que me botaram esse nome. Nós, cães, não costumamos contestar os nomes que recebemos. Puseram Tarugo, eu aceitei. Um nome é um nome, nada mais que isso. Não faz a menor diferença. É apenas uma necessidade que os humanos têm de dar nomes às coisas, desde que começaram a falar. Substituir a coisa por um som – não é uma tolice? Nós, da comunidade canina, temos um método muito mais eficiente. Isto mesmo: uma cheiradinha. Um nome olfativo. Basta contornar o companheiro, chegar por trás e sniff – já identificamos o cara. Se os humanos fossem realmente espertos, usariam o mesmo método. Mas eles acham que não ficaria bem. Já imaginou – dizem eles – o governador receber a visita de um representante estrangeiro, contornar e...?

Tudo bem. Deixemos pra lá essa questão dos nomes. O que me trouxe aqui, em espírito (vocês já devem ter notado que sou um cão falecido), é uma questão muito mais séria. Eu quero denunciar uma tremenda injustiça que os humanos estão fazendo conosco. Se o cão é o melhor amigo do homem, a recíproca nunca foi tão falsa como agora. Vamos aos fatos. Vocês viram alguma notícia na imprensa de cães que são agredidos, feridos ou mortos por seres humanos? Nunca. Vocês veem exatamente o contrário. Cães agredindo. Cães mordendo as canelas de velhinhas indefesas. Cães atacando garotinhos angelicais. Cães perversos. Feras assassinas pondo em risco a sobrevivência da humanidade.

Eu que morri aos três anos, sem nunca ter abocanhado um glúteo, posso muito bem me insurgir contra essa descarada hipocrisia. O que vocês estão fazendo conosco é uma verdadeira cachorrada. Começa que somos numericamente inferiores a vocês. Um cão para cada sete pessoas, dizem as estatísticas. E já que falamos em estatísticas, sabem quantos cães foram mortos nas ruas somente no ano passado em Curitiba? 5.730. Isso mesmo: cinco mil setecentos e trinta cães. Vítimas de atropelamento, envenenamento e outras crueldades maiores. Algum vereador propôs qualquer medida pra reduzir essa catástrofe? Ao contrario: propuseram o uso de focinheiras. Não nos humanos, mas em nós. Só quem nunca foi cachorro pode aprovar uma barbaridade dessas. Cachorro não tem glândulas sudoríparas, como outros animais. Cachorros não podem suar, como suam os vereadores. Nós precisamos abrir a boca e botar a língua pra fora para controlar a temperatura do corpo. Não é para fazer gracinha, não, nem para cativar eleitores.

Mas deixem eu contar minha história. Eu era um cachorrão bonito, pelo marrom, curtinho e brilhante. Minha mãe era boxer, meu pai era fila. Puxei mais o meu pai e muita gente me confundia com um fila de verdade.

Até dois anos e meio tudo correu bem. Eu tinha uma casa, uma família e uma tigela de ração bem cheia. Disciplina militar: meu dono era o capitão, gostava de ser obedecido. E eu o obedecia, principalmente quando havia visitas. Ele ficava todo orgulhoso, não da minha obediência, mas da sua capacidade de comando. Eu, generosamente, deixava que ele colhesse os aplausos. Tenho impressão que no quartel as coisas eram um pouco diferentes. Mas vamos lá. Um belo dia, o capitão anunciou que ia ser transferido. Embrulha, encaixota, embala – sobrei eu. Resolveram me dar para o jardineiro. Amarga experiência. Não sei se algum de vocês já foi cachorro de jardineiro. É horrível. Você não pode fazer buraco, deitar nos canteiros, rolar no gramado. Se uma planta secar, foi você que mijou nela. Não aguentei. Fugi. Mas não tive nem tempo de me arrepender. A famigerada carrocinha me pegou e lá fui eu trancafiado no Canil Municipal. Nunca imaginei que houvesse tanto cachorro na cidade. Celas superlotadas, pulgas aos milhares, companheiros que nunca tomaram um banho na vida. Voltando às estatísticas: dos 4.271 cães que a Prefeitura capturou no ano passado, só 1.485 voltaram para os braços de seus donos ou arranjaram uma família adotiva. O restante dançou: 619 foram doados para instituições de ensino e pesquisa (bisturi, extração de órgãos etc.) e a maioria, exatamente 2.167 cães, foi sumariamente eutanasiada. Gostaram do verbo? Pois é como eles dizem lá: eutanasiar. Matar, sacrificar, exterminar são termos muito duros. Eles preferem eutanasiar. Não preciso dizer que fui um dos eutanasiados. Me agarraram, prenderam uma borracha ao redor do meu focinho e – doída, miseravelmente ardida – me aplicaram uma injeção de sal amargo. Morri feito um cão, as pernas amolecendo, a cabeça pesando, um calorão desgraçado explodindo dentro do peito.

(Assim termina o protesto de Tarugo, o Breve, que jaz sob toneladas de lixo no Aterro Sanitário desta mui ecológica cidade de Curitiba, amém.)

ONDE VOCÊ ESTAVA EM 1500?

Você conheceu seus bisavós? Eles eram oito, quatro homens e quatro mulheres, e o mais provável é que você não tenha conhecido nenhum deles. Já seus trisavós eram dezesseis, e devem ter se casado entre si noventa anos antes de você nascer. De seus tataravós, então, nem se fala; eles eram em número de 32 e devem ter entrado na idade núbil pela metade do século 19, ou antes mesmo, dependendo de quantos aninhos você tiver hoje.

Toda essa conversa só para induzir você a uma brincadeirinha interessante. Como o número de nossos avoengos cresce em progressão geométrica à medida que recuam as gerações, com quantos ascendentes contaríamos – eis a pergunta – no ano em que o Brasil foi descoberto.

Para fazer os cálculos, basta considerar que o espaço entre uma geração e outra é aproximadamente de 30 anos. A cada trinta anos que recuemos, portanto, dobra o número de nossos ascendentes diretos. Ora, de 1500 até os dias de hoje, já nos precederam quatorze, quinze ou dezesseis gerações. Se você nasceu em 1980, por exemplo, nada menos que 65.536 indivíduos estavam genealogicamente envolvidos para engendrar você no ano em que Cabral bateu os costados na Bahia.

Agora, um pouco de exercício de imaginação. Quem eram e por onde andavam esses 65.536 homens e mulheres cujo sangue, caprichosamente, viria a confluir e se misturar para dar origem a esse acontecimento genético único que é o nosso leitor nascido em 1980? Os que viveram na Europa podem muito bem ter esbarrado ou convivido com algumas figuras da época. Botticelli, Erasmo de Rotterdam, Maquiavel, Tomás Morus, Gil Vicente e Hieronymus Bosch andavam muito faceiros por lá. Ou carregado nos braços pelo menino Rabelais, então com seis aninhos e um doce de criança. Ou, o que não é de todo improvável, qualquer um dos cidadãos acima pode estar incluído entre os 65.536 ancestrais diretos do ilustre leitor. O mais provável, porém, é que os mais de 65 mil figurantes dessa epopeia pessoal estivessem espalhados por todos os continentes, das savanas africanas às planícies geladas da Ásia Central, das pradarias americanas ao vale do Eufrates, da Cordilheira dos Andes à Oceania, da península de Yucatán ao estreito de Magalhães. Não devemos esquecer que a era dos descobrimentos foi não apenas o passo inicial do processo de globalização, mas, antes de tudo, uma experiência de miscigenação sem precedentes na História. A mestiçagem correu solta, provocando um substancial enriquecimento na cadeia de DNA da humanidade. Genes exóticos introduziram-se muitas vezes à força em linhagens autóctones, disso resultando a irrupção de novos traços e caracteres.

Façamos agora um exercício de autocomplacência. Se em 1500 já havia 65.536 pessoas comprometidas com nossa gênese, e mais outras 65.534 que se agregariam em linha ascendente até nossos pais, de que formas, diabos, administrar com razão e lucidez essa doida e furiosa carga hereditária? Por que, afinal, nos julgarmos culpados por nossas falhas de caráter, quando na realidade somos vítimas de um indiscriminado arranjo de caracteres? Essa nossa mania de mentir, enganar, trapacear – não nos teria sido legada por um daqueles nossos antepassados escroques? E a rameira descarada que em 1860 era uma de nossas tataravós – não teria sido ela a responsável por nossas constantes traições conjugais?

Esses dois exemplos são uma pálida amostra do que nos reservaria uma estatística mais rigorosa, pois milhares de vidas tortas provavelmente embutiram-se em nossa genealogia. O mais provável é que todos esses 131.070 (aí somados os 65.536 contemporâneos de Cabral mais os 65.534 que se agregaram, até nossos pais, em linha ascendente), tenham nos legado alguma tara, algum defeito de caráter, alguma falha de personalidade. E o mais provável ainda – e mais surpreendente – é que esses 131.070 não tenham sido realmente 131.070. É impossível que em dezesseis gerações de fornicadores não tenha ocorrido nenhuma linha cruzada, nenhum caso de bigamia, nenhum incesto. Quem nos garante que nosso meigo tataravozinho de barbas brancas não tenha sido também – acumulativamente – nosso trisavô?

Exercícios à parte, a brincadeirinha na qual estivemos envolvidos nos empurra rumo a um ceticismo saudável. Nada de dividir o mundo entre bons e maus, honestos e desonestos, superiores e inferiores. Nada de moralismo ranheta e preconceituoso. Nada de alimentar nobres expectativas em relação aos outros e a nós mesmos. Talvez nossa única grandeza resida exatamente na soma de pequenezas da qual somos feitos. Apenas uma ocorrenciazinha particular, sem nenhuma importância, nesse grande jogo de azar que chamamos de vida.

ESPOSINHAS POR UMA NOITE

Ele já fez de tudo. Foi consultor de empresas, corretor imobiliário, dono de bar, vendeu seguros, trabalhou com reflorestamento, contrabandeou uísque, atuou como lobista nos corredores de Brasília. Sempre correndo atrás do dinheiro e o dinheiro sempre correndo dele. Mas a ideia que me expõe agora, com um piscar de olhos rútilos por detrás dos óculos consertados com durex, é no mínimo surpreendente. E fala dela com tamanho entusiasmo que finjo nem ver a cinza que derruba no tapete, os perdigotos que voam em minha direção a cada "efe" que pronuncia.

Mas em que consiste a genial ideia de meu amigo, com qual pretende dar a grande tacada de sua vida? Tentarei descrevê-la, a começar pelo aspecto material. Trata-se de algo realmente inusitado. Um condomínio fechado, várias casas padrão classe média, com churrasqueira coberta, garagem para dois carros, calçadas de ardósia. Nele, uma clientela de solteiros, viúvos e descasados vai viver uma eletrizante aventura conjugal apenas por uma noite, quebrando a insalubre rotina de bares, noitadas, mulheres liberadas.

Começa assim. Pouco antes de encerrar o expediente da tarde, o cliente recebe o endereço do condomínio, o número de *sua* residência, uma senha para passar pela portaria e, num cartãozinho dobrado em forma de coração, o nome da *esposa*. Ela o aguardará com os indefectíveis *bobs* nos cabelos e uma máscara nutriente feita com ovos, mel, babosa, abacate e pepino ralado. Nada de beijinhos ou carícias; um leve muxoxo saúda a chegada do rei do lar, baluarte e provedor-mor da instituição familiar. O leve muxoxo poderá ser substituído por uma zanga rápida ou por uma interminável arenga, caso o cliente chegue com os pés molhados ou com um bafo de bebida comprometedor.

Pouco antes do jornal das oito e logo após constatar que não existem toalhas limpas no banheiro, o cliente é atraído para a mesa do jantar. Suculentas iguarias o aguardam: arroz queimado, feijão duro, murchos tomates da salada que sobrou do almoço e um picadinho indecifrável, facilmente confundível com ração para gatos. Um horroroso suco artificial de limão completa o repasto, servido em copo engordurado de requeijão. Sobremesa. Ah, íamos esquecendo: duas bananas colhidas no fundo da fruteira, ao lado de uma lâmpada queimada de 60 watts e um prendedor de cabelo ainda com alguns fios enroscados. Ao apanhar as pobres bananas, uma revoada de drosófilas – aquelas mosquinhas simpáticas que frequentam frutas meio podres – anuncia ao maridão que amanhã é dia de levantar mais cedo e fazer feira, que a despensa está um deus-nos-acuda.

Ao degustar um cafezinho (que sobrou da manhã), o distinto cliente é bombardeado com amenidades – a vizinha atirou restos de peixe na calçada, aquela obturação frouxa continua a doer, a taxa de condomínio subiu, tia Lili foi internada às pressas com suspeita de úlcera supurada no duodeno. Aproveitando uma deixa da novela, a esposinha com a máscara nutriente escorrendo para dentro do ouvido e afugentando as drosófilas sem-terra, aproveita para repor em pauta algumas reivindicações: prender o varal, trocar a lâmpada do quarto, consertar a tomada do liquidificador, substituir o botijão de gás, dar um jeito na privada entupida.

Após trancos e barrancos, incluindo uma inesperada visita da cunhada que vem tomar emprestado o vaporeto, finalmente a hora de dormir. Livre da abominável máscara nutriente, a esposinha até que é apetecível. Mas nada de sexo – o médico mandou evitar exercícios até que a hérnia de disco da moça apresente melhoras.

Frustrado, com um achaque de flatulência provocado pelo jantar, o consciencioso marido adormece diante da TV – um daqueles terríveis filminhos dublados e legendados que os vigias noturnos assistem para distrair. Pela manhã, torto na poltrona, o cliente desperta com uma sinfonia de metais – bule, colher, chaleira, frigideira. Resultado: café fraco, pão de ontem, um ovo frito com a gema gelada e sem sal.

Hora de sair para o trabalho, pasta na mão, um último tranco na porta. Mal dormido e mal comido, ele enfiará a mão no bolso e deixará o dinheiro para o dentista, o açougue, o conserto da máquina de lavar, a aula de pintura em porcelana. O porteiro do condomínio aproveitou para dar uma geral no carro – "tava que era só areia, doutor" – e agradece a gorjeta com um lindo sorriso sem incisivos.

Meu amigo ex-consultor, ex-corretor, ex-contrabandista de uísque e ex-lobista acha importante manter esse clima de realismo até o final – no que concordo plenamente. Acho que ele vai ganhar rios de dinheiro com isso.

DO JEITO QUE AS PAIXÕES ACABAM

Se você precisa de uns três bons motivos para começar a amar alguém, um só motivo basta, por mais banal que seja, para se deixar de amar essa pessoa. Eu próprio, que já tive a sorte de encontrar minha alma gêmea dezenas de vezes, coleciono secretamente umas pequenas banalidades que foram responsáveis, no seu devido tempo, pela perda de minhas metades.

Vejamos algumas. Uma de minhas paixões, por quem alimentei delirantes fantasias, evanesceu-se numa tarde de junho por causa de um pacote de biscoitos Todeschini. Isso mesmo: um pacote de biscoitos Todeschini, não me lembro se Maria ou Maizena, conseguiu estabelecer um término em nossos loucos devaneios. Culpa de quem? Não sei. Só sei que era uma tarde fria, muito fria. Sugeri um chá entre cobertores e ela achou ótima a ideia. Enquanto ela descia em direção ao confeiteiro, corri à cozinha, enchi uma chaleira com água mineral, reservei um bule de porcelana bem fininha, forrei-o com um chá inglês incrível que o Aroldo Murá nos presenteara, aqueci as xícaras, escolhi o mais verde dos limões, uma discretíssima raspa de noz-moscada e, coração aos pulos, aguardei ansiosamente que ela voltasse. Imaginei seus cabelos salpicados de garoa, seu sorriso lindo meio escondido pela gola do casaco, o embrulho de delícias abrigado contra o peito.

Ela retornou conforme a expectativa, os cabelos mais molhados do que eu havia suposto, o sorriso de acordo com o esperado. Arrebatei o embrulho de suas mãos e corri para a cozinha imaginando croissants dourados, a tenra polpa de um morango embutida em massa folhada crocante – mas oh, surda, cruel, amarga frustração. Vocês já imaginam o que havia no pacote. Nem a tepidez de seus lábios, nem seu cheiro de animal novo liberto do casaco foram suficientes para aplacar minha indignação. Deixei-a de amar em junho por causa de uns biscoitos e passei julho e agosto inteirinhos roendo o pão que o diabo amassou.

Outra paixão que se extinguiu banalmente teve um único e exclusivo culpado. Chico Buarque de Holanda. Sim, esse de olhos verdes e voz cândida que vocês, sem se darem conta do perigo, abrigam inocentemente em suas casas. Pois bem. Ela era admiradora arrebatada de Chico Buarque de Holanda. Honesta, foi logo confessando. Amo você. Mas se um dia eu cruzar com Chico Buarque de Holanda (fazia questão de sobrenomeá-lo, hábito que adquiri dela), vou com ele até o inferno. Nunca chegou a cruzar com Chico Buarque de Holanda nem me consta que tenha tentado, mas a advertência acabou talhando o leite de nossa paixão.

Num domingo, depois de ouvir pela oitava vez o lado A de "Almanaque", saltei de uma janela do primeiro andar, caí como um pacote bêbado num canteiro flácido, atravessei na contramão atrapalhando o tráfego e nunca mais voltei. Aos amigos, cada um a seu modo, explicávamos a separação: Chico Buarque, dizia eu, já perdendo o hábito de sobrenomeá-lo; Chico Buarque de Holanda Ferreira, alegava ela, o que soava como algo bem mais grave e imperdoável.

Uma terceira, magrinha e charmosamente estrábica, só gostava de namorar no automóvel. Detestava sofá. Iniciara-se no estilo fast food, entre salsichas e potes de mostarda, um sinal de luz avisando o garçom de que o clímax fora atingido. Jamais se libertava. Sentávamos em casa, abraçadinhos, mas quando sobrevinha um entusiasmo mais ardente tínhamos de correr para o elevador, atravessar o pátio às vezes chuvoso e despistar o vigia para ir amar na garagem. Uma mão-de-obra dos diabos. Tudo tinha de estar conforme o hábito, inclusive a bandeja na porta, guardanapos, catchup, etc. Reumático, com entorses, um hematoma produzido pela alavanca de câmbio junto ao ouvido, decidi num certo inverno acabar com tudo aquilo. Troquei meu volks por um terreno na praia e nunca mais a vi.

Já uma quarta, glutona e glútea, tornou nosso amor inviável após potes e potes de nata. No pão, no café ou pura às colheradas, era só nata o que amava. Trocava-me por nata, não importava a marca. Eu deitado, banho tomado, pijama aberto no peito, receptivo e romântico esperando a mão sorrateira – e ei-la untada de nata, alheia ao menor e sensual espanto. Desacatei-a e lambuzei-a. Ela enxugou as lágrimas de chantili numa echarpe estampada com morangos e sumiu na manhã leitosa. Avistei-a meses depois. Saía da Batavo.

MEUS CABELOS LONGOS E LINDOS

Depois de viver, desde os vinte anos, as agruras de uma calvície galopante, coadjuvada por um prematuro embranquecimento das têmporas, eis-me agora em pleno êxtase capilar. Que me sucedeu? Oh, nem vos direi. É que de semanas para cá, sem razões que as justificassem, irromperam-me pelo pelado crânio lindas e bastas madeixas, do mais puro e castanho viço. Nem me acreditei, quando ao espelho acudi certa manhã, e nele surpreendi alguém que em tudo era eu, à exceção da calva, que milagrosamente se sumira debaixo de esplêndida massa pilosa. Boquiaberto, atônito, afastei de diante dos olhos a sedosa crina e olhei-me, interrogando duramente o aço enganador. Qual, continuava lá. Ainda incrédulo, puxei para baixo, para cima, a renitente marrafa, que de quimérica nada tinha, pois a dor que disso sobreveio pôs-me a gemer. Oh, voltaram-me os cabelos, gritava, e corri feito doido pela casa, abrindo portas e janelas por onde circulasse o vento. Aprazia-me, indescritível volúpia, o ar em movimento a revolver-me os cachos, para o que eu ainda contribuía, agitando a cabeça com violência para os lados, para o alto.

Quando dei por mim, esgotara-se a manhã. Ofegante e afogueado, fui ao banho, munido de todos os xampus que jaziam esquecidos pela casa. E então, voluptuosamente, como quem se entrega a um prazer há tanto tempo negado, cobri de espuma, massageei, lavei, enxaguei demoradamente meus adventícios pelos. Foram bem trinta minutos diante da janela aberta de digital massagem, ao fim dos quais, fulvos e fúlgidos, os cabelos deram-se por secos. Com um pente (foi-me custoso achar um), guiei-os em ondas, que já naturalmente se esboçavam, e eufórico ganhei a rua, com a pressa e a ansiedade que minha nova aparência exigia.

Aí sucedeu coisa estranha, que se constitui na parte mais insólita deste relato. Não me viam as pessoas tal qual eu me via. Não causei surpresa nem espanto. Cumprimentavam-me os conhecidos como se ainda a luzir me coroasse o antigo e desnudo crânio. Nem de amigos gozei melhor recepção, pois teimavam em me ignorar as melenas, embora eu as ajeitasse ostensivamente enquanto discorríamos sobre assuntos triviais. Intrigado com a invisibilidade de meus trunfos capilares, resolvi submetê-los à prova decisiva: um salão de cabeleireiros, diante do qual por acaso passei. Antes de entrar, localizei um sofá nos fundos, para onde me dirigi, e aguardei a minha vez folheando distraidamente uma revista. Reservava-me, assim, um estratagema: poderia fingir que esperava alguém. Há muitos senhores calvos que acompanham suas amantes ao cabeleireiro, e se realmente me vissem como tal, nada haveria a estranhar.

Foi com um sobressalto que recebi o convite para sentar à cadeira. Um rapaz alto, muito bonito, de mãos finas e longos dedos vestiu-me a sobrepeliz e confirmou o que me delatava o espelho: "Ajeitar as pontas, senhor?". Aquiesci, com um largo sorriso, e uma confortadora sensação inundou-me o peito. Não desprendi mais os olhos do espelho, enquanto os dedos muito brancos do *coiffeur*, em pente, emergiam de quando em quando retendo entre os nós porções de meus cabelos, que a tesoura preste decepava. "Aposto que muitas mulheres invejam esses seus cabelos, senhor", mimoseou-me ele, à saída, ao que retribuí com generosa gorjeta e inefável sorriso.

Bem, se um estranho não só constatou-me a cabeleira, mas tratou dela e elogiou-a, o que levou, então, meus amigos a ignorá-la? Este, o enigma. Decidi submeter-me a um novo teste. Cruzei a rua em diagonal e logo adiante dei com a placa de uma perfumaria. "Preciso de um bom xampu", falei à moça do balcão. "Para que tipo de cabelo?", ela me envolveu com seus longos cílios. "Este", ofereci-me, a cabeça em elegante reverência. Ela examinou-me longamente, como se perscrutasse minha aura, e prescreveu: "Neutro. Xampu neutro. Este é muito bom", e colocou um belo frasco esmeraldino à minha frente. "Levo dois", prodigalizei-me, e ganhei a rua com meus xampus em plena e merecida bem-aventurança.

Antes de voltar a casa, bem tarde, entreguei-me à roda de todos os amigos e conhecidos que me ocorreram. Ninguém notou nada de extraordinário. À exceção do último, que – insistiu – achou-me muito abatido.

A CIDADE DE NOSSOS EXÍLIOS

Meu amigo Álvaro Reis me remete, de lusitanas praias, três guias da cidade de Lisboa. "A Lisboa de Saramago, "Lisboa nos passos de Pessoa" e "Lisboa, cidade de exílios". Álvaro, ele próprio um autoexilado, sugere-me na carta em anexo: "E que tal se você escrevesse algo semelhante sobre Curitiba?".

A ideia me comove. Um roteiro sentimental pelas veredas de Curitiba, seguindo as pegadas de algum notório cidadão. Apanho o guia de Saramago e começo a folhear. A primeira foto que encontro, em página dupla, é de um bonde. Ou de um elétrico, como se diz em Portugal. Curitiba também teve seus elétricos, amarelos e bucólicos, como este que margeia uma praça em Lisboa, contrastando com o verde das árvores. À respeitosa distância de cinco passos, que é devida aos prêmios nobéis, resolvo acompanhar Saramago em sua peregrinação. Cá estamos nós no Largo da Estrela, no Miradouro do Alto de Santa Catarina, no Terreiro do Paço, no Cais do Sodré, na Praça de Armas do Castelo. Um longo giro pelas tramas da cidade, com seus rebocos, vielas, cantarias e tinturas. Lisboa exibe uns céus de poucas nuvens, fiapos de algodão a flutuar contra o brilhoso esmalte azul, e Saramago sente fome. Estamos saindo da Lapa e mais um pouco adiante, numa rua estreita, debaixo de um toldo, uma porta em arco abre um bocejo de penumbra à claridade do dia. É o restaurante Varina da Madragoa. Saramago já embarafustou-se e lá está ele, com a intrepidez dos assíduos, a encomendar uns pastéis de bacalhau "de crescer água na boca", conforme reza o texto de Clara Ferreira Alves. Tímido e clandestino, aguardo junto à porta, como todo leitor que se preza. E só me movo dali, mantendo os cinco passos regulamentares, quando o mestre, saciado, reenceta sua visitação. O percurso ainda inclui outras paradas, como as estátuas de Eça de Queiroz e Fernando Pessoa. A estátua de Eça surpreende os desavisados: grave, formal, quase taciturno, ele ampara pelas costas uma bela mulher nua, que marotamente lhe sorri com a cabeça inclinada para trás. Há algo de cômico no conjunto, como se as duas metades de que se compõe fossem juntadas por um arbítrio irreverente e jocoso. Ele, com o rigor e o apuro de um dândi *fin-de-siècle*; ela, como se egressa de uma remota orgia greco-romana para um encontro atemporal no Largo do Barão de Quintela. A legenda tenta restabelecer a sisudez necessária: "Eça de Queiroz, amparando a nudez crua da verdade"...

A estátua de Pessoa fica para este novo parágrafo, pois são seus passos que estamos agora seguindo por esta outra Lisboa. Começamos pela Baixa e pelo Chiado, a bordo do texto de Marina Tavares Dias. Rua da Prata, Rua do Ouro, Rua Augusta, Rua Garret. O microcosmo pessoano, uma Lisboa dentro de outra. "A aldeia em que nasci foi o Largo de São Carlos", escreveria ele a João Gaspar Simões, em carta de 1931. Pessoa nunca se afastou, emocionalmente, do pedaço de Lisboa que lhe coube pelo fado. "Como todo indivíduo de grande mobilidade mental, tenho um amor orgânico e fatal à fixação. Abomino a vida nova e o lugar desconhecido."

Há quem veja, nesse apontamento sem data, uma alusão aos doze anos que teve de viver na África do Sul, em companhia da mãe e do padrasto. Pessoa tinha cinco anos; cinco anos foi quanto durou a sua infância. Ao voltar, aos dezessete, entregou-se à paixão pela sua cidade e viveu-a até o fim. Sem a retórica e a grandiloquência da estátua de Eça – "amparando a nudez crua da verdade" –, a estátua de Pessoa é um tributo a uma vida sobretudo singela: ele, com seu indefectível chapéu, sentado, toma um prosaico cafezinho diante de A Brasileira do Chiado. Existe glória mais alta?

O terceiro guia, "Lisboa, cidade de exílios", me devolve novamente ao meu bom amigo Álvaro Reis e à sua Regina, ambos autoexilados por fado e convicção. A pergunta que ele me faz no início – "E que tal se você escrevesse algo semelhante sobre Curitiba?" – respondo, com a melancolia típica dos autoexilados em si mesmos: acho que não conseguiria, Álvaro. Minha Curitiba é um cão ladrando para a lua da memória. E o único bonde que temos está parado. Não vai a lugar nenhum.

PÃO QUENTINHO, MULHERES AMANHECIDAS

O que faço, logo que acordo? É meu vício, professor. Já saio de casa com o destino traçado: padaria. Sabe, professor, por quê? De cada dez pessoas que vão à padaria de manhãzinha, sete são mulheres. Tirando as velhinhas, as muito murchas e as muito feias, sobram no mínimo três mulheres palatáveis. E é sobre essas três mulheres palatáveis que exerço meu poder de sedução. Copo de leite na mão, um sonho ou um pão-de-queijo, vou mastigando e olhando distraído para elas. Cara de rapaz solitário, sem família, roendo ali no balcão da padaria um arremedo de café da manhã. Efeito porreta, professor. O instinto maternal delas está a mil. Sorrio, finjo que me engasgo, chamo a atenção. Fico bem ao lado delas. Às vezes paro de comer e jogo um olhar perdido lá pro alto das prateleiras, onde ficam aquelas latas de conserva que ninguém compra. Mas estou muito ligadão. O senhor já reparou, professor, como é sensual o cheirinho de pão quente, recém-saído do forno? É o que eu comento, num tom inocente, sem olhar para o pacote de pão que elas abrigam contra os seios, mas imaginando aquele abraço de coisas gêmeas e quentinhas.

Negativo, professor, nunca me aconteceu de uma me convidar para tomar café na casa dela. E se acontecesse, juro, eu não toparia. Meu negócio é outro, é ficar por ali lustrando o balcão com o cotovelo, imaginando mil lances. Já bolei até uma frase: pão quentinho, mulheres amanhecidas. Faz sentido, professor? Pra mim, faz. Mulher amanhecida tem cheiro de sono, de cama morninha, de lençol, travesseiro perfumado. Cheiro de pijaminha macio de algodão. Depois que elas tomam banho e se arrumam, acaba o encanto. Por isso é importante padaria de manhãzinha. Elas enfiam uma capa ou um casaco sobre a roupa de dormir, passam uma escova rápido no cabelo e saem. Cheiro de mulher amanhecida, misturado com cheiro de pão quente, existe melhor maneira de a gente começar o dia, professor? Sensação que tenho é de ser casado com todas elas.

Depois que o senhor entra no jogo, professor, começam as revelações. Fica sabendo a hora exata em que cada uma delas aparece. Fica conhecendo até detalhes da vida que cada uma leva. O número de pães, por exemplo. Família grande ou pequena, se vive sozinha ou mora com alguém, se amanheceu feliz ou deprimida. Muitos pães mais dois sacos de leite, adolescentes famintos à espera. Dois pãezinhos e um iogurte com cenoura e mel, mulher solitária. Doces, fatias de torta, fome de afeto ou sensação de abandono. Latinhas de cerveja, cuidado, gorila ciumento solto pela casa. O cara pode descer para conferir se a bela veio realmente à padaria.

São os macetes do ofício, professor. Por isso recomendo: mude sempre de padaria. Dois, três dias em cada uma, fazendo rodízio. As mulheres precisam sentir a sua falta. Não deixar que elas se acostumem. Tem uma moreninha, professor, uns vinte e seis anos, que chega sempre às quinze pras oito no Pão do Visconde. Ela acende uns olhos cheios de ternura quando me reencontra depois de uma semana de ausência. Veja como são as mulheres. No dia seguinte, limita-se apenas a constatar que estou por ali. No terceiro, nem olha – adivinha apenas. Vou ficando transparente, professor, à medida que passam os dias. Vez ou outra a moreninha compra cem gramas de presunto. Aquilo deve durar uma vida inteira, pelo que deduzo que ela mora sozinha ou com uma amiga vegetariana.

O senhor acha que tenho algum desvio sexual, professor? Já me disseram isso. Ano que vem tento novamente o vestibular, abandono estas bermudas, mudo talvez até de vida. Pode crer, professor, falo sério. Narinas bem abertas para o futuro.

SOCORRO, CHEGARAM AS FÉRIAS

Está aberta a temporada de caça ao bicho geográfico. Chegaram as tão ansiadas férias de verão. Minha tia já pôs a casa à disposição da família – levem só roupa de cama, toalhas, talheres, mata-baratas, guarda-sol. Ah, adverte a boa senhora, roubaram o televisor e o chuveiro elétrico, não esqueçam também de pratos e panelas e de chamar um técnico para consertar a geladeira. A luz foi cortada, mas é só pagar seis faturas atrasadas e eles religam na hora. O único problema são as chaves – ela não consegue lembrar quem usou a casa da última vez.

Uma delícia, a casa de minha tia. Fica bem no centro de um jardim selvagem e era velha quando eu engatinhava. É a única casa do mundo que tem varizes. Explico: uma prima inventou de pintar uma paisagem subaquática na parede da varanda, umas algas compridas e ramificadas. Verdes a princípio, as algas foram ficando azuis com o tempo. Sugerimos cobrir aquilo com uma generosa demão de tinta, mas minha tia insurgiu-se. "Nada disso. Adoro esse peixinho." Realmente. Olhando-se com atenção junto à base de uma das algas varicosas, vemos um peixinho vermelho, estrábico, a sorrir de nossa santa ignorância artística. A prima pintora jura que se inspirou em Picasso; meu tio pescador garante que aquilo é um linguado.

Mas nem só de peixinhos vesgos vive a casa de minha tia. Como toda casa de praia que se preza, dez meses por ano ela é frequentada por outros adoráveis animaizinhos. Nos dois meses restantes nós somos seus hóspedes. Lesmas, formigas, lagartixas, aranhas, pererecas, lacraias. As pererecas, por exemplo, adoram os banheiros. E adoram mais ainda saltar inopinadamente sobre nossos glúteos, justo naquela hora em que oferecemos nossa distraída nudez ao vaso sanitário. Patinhas frias na pele quente – e a pererece aderida ali enquanto nosso berro de pavor ecoa pela casa.

Meu tio tem lá sua filosofia a respeito das casas de praia. Pra que conforto, ele nos desafia, se a maior parte do tempo a gente passa fora? Como ninguém contesta, ele dá um último gole na sua xicarona rachada e anuncia que é hora de ir pegar uns robalinhos. E vai, todas as temporadas, a uns pesqueiros que só ele conhece, retornando no fim do dia com sua fieira de robalinhos e uns braços muito vermelhos emergindo da camiseta branca. Essa é a praia de meu tio. Sobe no seu chevrolezão e desaparece rumo a uma foz de rio distante, enquanto nós, sobrinhos enjeitados, temos de cumprir a tediosa tarefa de acompanhar as mulheres e as crianças ao mar.

É nesse momento que você começa a sentir saudades do apartamento em Curitiba. Tudo arrumado, bonitinho, e você aqui juntando tralhas para ir à praia – guarda-sol, cadeiras, bolsa térmica, protetor solar. Cinco quarteirões até o mar, rumo às paradisíacas areias já tomadas por orcas, leões-marinhos, focas de todas as idades, vendedores de picolé. Um horror achar lugar. Você acaba se espremendo entre uma barraca de pagodeiros e uma saída de esgoto. O mar mesmo, ou o que restou dele, é uma vaga mancha azul que se entrevê por detrás de uma barragem de traseiros de vários feitios e matizes. Perto dos bichos que você vai encontrar agora, as pererecas e lacraias da casa da titia são seres celestiais.

Começa pelo abominável jogador de frescobol. O cara faz questão de rebater a bola rente ao teu e ao meu ouvido. Se não te joga areia, te borrifa suor – isso quando não te arranca os óculos com uma raquetada. Ao cabo de meia hora você já se transformou num gigantesco camarão à milanesa, tamanha a quantidade de areia que atiraram em você. Tudo isso tendo por fundo musical o coro de pagodeiros, agora mais animado do que nunca por que as três gordinhas do guarda-sol ao lado acabaram aderindo à cantoria.

À beira de um ataque de nervos, você é salvo pelo vendedor de picolés. Retira o menos amolecido lá do fundo e, quando se dispõe a mordê-lo, achando que a vida tem lá suas compensações, um bando de saudáveis criancinhas começa a chapinhar furiosamente no esgoto. Gotas suspeitas deslizam pelo picolé intocado. Você solta um palavrão, assusta as inocentes crianças, recebe uma saraivada de olhares recriminadores de todos os lados e, temendo um iminente linchamento, corre para o mar. Vai entrando, forçando passagem pela barreira de traseiros multicores, afastando-se mais e mais.

Enfim, a liberdade. O silêncio. Apenas quebrado pelo ruído de um motor que se aproxima. Lá vem ele, o nefando. O abominável. O apocalíptico piloto de jetski, com sua motosserra flutuante. Passa rente, um metro, dois metros, de tua cabeça. Errou, mas promete voltar. Projetado originalmente para os entregadores de pizza de Veneza, o jetski acabou se transformando numa fera assassina de nossos mares. Pilotá-lo, uma delícia. Ser guilhotinado por ele é que não é tão agradável assim.

Ao retornar para o guarda-sol, a prima, escarrapachada, ocupou todos os centímetros de sombra disponíveis. Liberado pela maré vazante, o riozinho de esgoto corre lépido e desprende capitosos aromas ao redor. A turma do frescobol não desiste. Os pagodeiros emudeceram, mas por motivos de força maior: um maldito trio elétrico estacionou logo atrás e de repente não uma, mas trinta mil Carla Perez, dos mais variados tamanhos e teores de gordura, despertam de uma só vez.

E você, corre atrás do jetski e implora para ser decapitado? Nada disso. Tira a prima pra dançar porque praia é isso mesmo, essa maravilha...

A ARTE DE TOCAR PIANO
DE BORRACHA

Alguns anos atrás, tomando as dores da literatura paranaense, que acabara de ser acusada de simplesmente não existir, lancei um desafio através de um dos jornais locais. Comprometi-me a escrever, no prazo de um ano, um romance ou novela tão bom quanto qualquer García Márquez – desde que alguma entidade me oferecesse uma bolsa que permitisse minha sobrevivência durante aquele período. Uma proposta audaciosa, sem dúvida, mas que procurei cercar de todas as garantias possíveis: compromisso firmado em cartório e a promessa de restituir integralmente a quantia recebida caso eu falhasse no meu intento. Para que o repto não cheirasse a bravata irresponsável, passei um fax com a íntegra do artigo aos principais diários do Estado. Queria com isso legitimar meu desafio e ampliar o âmbito da querela. Minha proposta era clara: oferecessem-me uma bolsa de dois mil dólares por mês, durante um ano, e eu devolveria a quantia recebida, acrescida de juros de 6%, se ao cabo desse período não produzisse nada à altura do mestre colombiano. Afinal, não é todo dia que alguém se atreve a oferecer não a outra face, mas a presumida contraface do talento de um dos grandes escritores contemporâneos.

Um repto instigante, pensei comigo. E se alguém aceita? Teria eu condições (e gênio) para escrever algo semelhante à mais modesta criação do autor de "Do amor e outros demônios"? Já me imaginei às voltas com um tema, um primeiro esboço, a definição de algumas personagens. Já me imaginei alvo da curiosidade de uns e da desconfiança de outros. E – por que não? – da indignação e da fúria da maioria: "Eta sujeitinho pretensioso!"...

Minhas imaginações, entretanto, cessaram por aí. Publicado o artigo, nenhuma resposta. Os destinatários do fax, mudez total. A área da cultura, ausência absoluta. Meu telefone parecia ter saído de um poema de Auden: "Um osso suculento que ao silêncio o cão obriga". Conclusão: ninguém leu, ninguém viu e quem viu fingiu que não leu. A velha história do piano de borracha. O cara estuda anos a fio, repassa todas as partituras e, finalmente, na noite da grande estreia, saúda emocionado o público, caminha majestoso para o piano, ajeita a casaca, senta-se, atira as mãos para o alto... mas quando fere o teclado não se ouve som algum. Deram-lhe um piano de borracha.

A historinha retrata com alguma maldade a nossa velha Curitiba de guerra. Um piano de borracha à sombra dos pinheirais. Se você quiser tocar, pode. Mas não vá exigir que alguém escute. Ninguém viu, ninguém ouviu e quem ouviu fingiu que não viu. Umas 48 horas depois de eu ter publicado o retumbante artigo, recebo enfim dois magros telefonemas. Carlos Antonio Tortato, de Paranaguá, e Antonio Medawar, de Curitiba, leram e comentam. Mas esses dois antonios não contam, porque são meus amigos e telefonam sempre. De qualquer maneira, serviram para um exercício bizarro de estatística: 100 por cento de meus leitores chamam-se Antonio e 50 por cento deles moram em Paranaguá.

Mas, voltando ao piano mudo, que estranha surdez é essa que congela a sensibilidade de nossa adorável velhinha de 300 e tantos anos? Vocês conhecem outra, de igual porte e mesma faixa etária, que se comporta assim? Se ao invés de engenheiro tivéssemos um prefeito geriatra, a ecológica anciã recobraria seu entusiasmo? Pode até ser uma sugestão para as próximas eleições: um geriatra na Prefeitura, injetando generosa dose de hormônios na velhinha. Até lá, entretanto, temos de conviver com a dissimulada vovó de ouvidos moucos, um cobertor sobre os joelhos, a dormitar ao lado de um fogão a lenha apagado, Vovó--ogre, inofensiva apenas na aparência. O grande Octavio Paz, que jamais veio a Curitiba, parece tê-la pressentido quando encerra assim um de seus poemas: "Falo sobre a cidade, pastora de séculos, mãe que nos engendra e nos devora, nos inventa e nos esquece"...

O QUE NÓS COMEMOS DELAS

Foi o Freitas que me chamou a atenção. Finzinho de tarde, hora mais propícia a assaltos do que a visitas, Freitas invade meu escritório e se atira no sofá:

– Vim te visitar.

Deduzo: mulher do Freitas na praia. Tenho uma especial vocação para albergue noturno de maridos em férias.

– Estou atrapalhando? – ele levanta-se e me interpela dramaticamente, do alto de sua pequena estatura.

– Não, tranquilizo-o, estou apenas surpreso.

– Fazia tempo, hein? – Freitas bate na barriga, que é seu jeito redundante de provar que está fisicamente ali onde imaginamos que realmente esteja. – Estou bem, não estou?

– Está, confirmo. Topete tingido de acaju, as têmporas com salpicos brancos, quase o mesmo Freitas da última vez que o vi. Percebo uma leve mancha de tristeza, que ele tenta inutilmente transformar em felicidade transbordante.

Pergunto por Marluce – viajando?

– Marluce? Você está atrasadinho, hem? – e, a mão em concha, um berro bem junto ao meu ouvido: – *C'est fini!*

– Sério? – surpreendo-me, embora nunca devam haver surpresas na vida afetiva do Freitas.

– 28 dias – ele exibe sua contabilidade existencial. – 28 dias de liberdade e reencontro comigo mesmo.

De repente seu sorriso congela-se, os olhos voltados para a rua lá embaixo. Parece acompanhar alguém que se afasta.

– Você chegou a experimentar a maionese de couve-flor da Marluce? – ele desgruda o nariz da vidraça e me encara. Não me consta ter experimentado nenhuma maionese da Marluce.

– Vou sentir falta daquela maionese... – Freitas volta a colar o nariz na vidraça. – Ela só não acertava o bacalhau. Aliás, nenhum dos frutos do mar. Cinco anos de casamento e não me lembro de um único peixe decente.

Volta a sentar-se no sofá, deixando duas manchas oleosas impressas na minha vidraça. Remexe lá nas suas lembranças:

– Bacalhau era o da Ritinha. À Braz, Zé do Pipo, alho-e--óleo. Também, neta de portugueses...

– E Maria Clara? – menciono outra das ex-mulheres do Freitas.

– Molhos. Qualquer tipo de molho, a danada. Sabia das coisas. Chama bem baixa, panela de cobre, mexendo sempre. Você provou o putanesca da Maria Clara?

Não era exatamente o putanesca da Maria Clara que eu gostaria de ter provado. Mas isso não vinha ao caso.

– A primeira vez foi uma decepção, você sabia? – Freitas baixa a voz, tom de confessionário. – Aquele clima todo, luz de velas, e sabe o que ela me serve? Como não sei, ele revela:

– Linguiças recheadas ao vinho! Você consegue imaginar uma coisa dessas? Foi uma das piores noites de amor da minha vida...

Freitas parece estar sinceramente comovido. Boca crispada, olhos brilhantes. Dedos entrelaçados, muito tensos.

– E como vocês superaram esse trauma? – entro na dele.

– Restaurantes. Quase um mês, só em restaurantes. Depois é que me veio a ideia salvadora: convidei o Malu para vir à minha casa.

– O Luiz Alfredo Malucelli?

– Ele mesmo. Foi o nosso terapeuta conjugal. Combinamos tudo. Malu foi pra cozinha, fingiu improvisar um macarrão, Maria Clara foi olhando, anotando, eu ali fazendo perguntas só para estimular a curiosidade da Maria Clara. Foi depois disso que começou a fase gostosa de nosso casamento.

Freitas levanta-se, inclina-se junto ao meu ouvido, conspira:

– Não vou nunca dizer isso a ele: mas Maria Clara superou o próprio Malu. Aquela coisa feminina, entende?, capricho. Homem é meio porcalhão na cozinha.

Escureceu, estou doido para ir embora, mas tenho um Freitas inteiro pela frente. Convido-o para uma pizza lá em casa? Muito perigoso: Freitas é capaz de se apaixonar por mim.

VIVER CAUSA IMPOTÊNCIA SEXUAL

Em vez de perseguir os pobres e indefesos tabagistas, o Ministério da Saúde deveria ampliar o alcance de sua campanha. E mandar afixar em todas as esquinas e embalagens do país frases mais radicais. "Viver causa câncer do pulmão"; "Viver durante a gravidez prejudica o bebê"; "Viver provoca infarto do coração"; "Viver é droga e causa dependência".

Se você acha que isso é delírio de fumante, querendo repartir com os outros o anátema que lançaram sobre seus pulmões, dê uma olhada nos canais da mídia. Por toda parte, os comunicadores querem nos convencer da inviabilidade da vida humana. Não temos salvação. E se ainda não perecemos, é por pura teimosia. Ou pelo hábito, bem brasileiro, de não dar muita bola às advertências.

Mas, quem tem interesse em propagar esse verdadeiro culto ao medo de estar vivo? Não precisamos ir muito longe. Há muitas e lucrativas indústrias do pânico generalizado faturando milhões por aí. Do setor médico ao setor imobiliário. Da indústria farmacêutica às patentes de sistemas eletrônicos de segurança. Da produção de dietéticos ao volante retrátil dos novos modelos de automóveis. Dos preservativos sexuais aos cursos de defesa pessoal. Das submetralhadoras às apólices de seguros. Dos antigermes aos antiderrapantes, dos antioxidantes às travas antifurto – tudo que é anti alguma coisa é a favor do medo mórbido que se instala nas camadas mais profundas da psique coletiva.

Não há prateleira de farmácia que não contenha um miraculoso prolongador da juventude ou um desentupidor de artérias. Não há carrinho de supermercado que não esconda, por baixo de um vulgar pé de alface, um poli-insaturado porreta ou um filtro solar fabricado à base de testículos de carneiros selvagens do Himalaia. Não há edifício ou condomínio horizontal que não ofereça circuito interno de tevê e guardas equipados com sensores infravermelhos.

A coisa seria ridícula se não fosse trágica. E não estivesse ganhando foros de paranoia coletiva. A farsa da improbabilidade da vida humana atrai a sua contrafação simétrica de sobrevivência a qualquer custo. Inimigos por todos os lados, do trânsito congestionado aos ácaros no tapete. Em qualquer maionese servida em restaurante flutua o sorriso cínico da salmonela. O vibrião da cólera salta de paraquedas no meio dos jantares mais elegantes. Uma simples visita à manicure é um torturante pavor de um futuro teste HIV positivo. O vizinho do andar de baixo é um sequestrador em potencial e o MST só não invadiu nossa fazenda simplesmente porque não temos uma.

Até a corriqueira queda da Bolsa transformou-se em agente patogênico. Provoca náuseas, insônia, inapetência sexual. Diminui o fluxo das mulheres na mesma medida em que sufoca o orçamento doméstico. Uma geladeira vazia é mais aterradora que a solidão da morte. Os pilares da metafísica abandonaram os claustros e se instalaram nas salas de visita. Qualquer colegial de classe média é um filósofo do absurdo, a ponderar sobre as imponderabilidades da existência. De repente, o Brasil perdeu o ritmo, o balanço e a esperança. Até a alegria está se tornando um negócio muito triste.

E não respeita as caras. Um amigo meu, que já enfurnou meio milhão de dólares num cofre do Citibank, anda padecendo de um desânimo infernal. Sente-se velho, tem medo de viajar e só não transferiu os filhos para a escola pública por medo dos ladrões de tênis. Agora deu para frequentar as feiras livres em final de expediente, quando já estão desarmando as tendas, onde sempre arremata uns mamões machucados e uns murchos quiabos pela metade do preço. Há um ano não compra um par de sapatos e só recuperará a capacidade de sorrir se se submeter a umas quinze sessões de fisioterapia.

Isso me preocupa muito, pois gostaria de vê-lo curado. Eu faria, confesso, qualquer sacrifício nesse sentido. Inclusive trocar o seu meio milhão de dólares pela minha dureza.

JUVENTUD

Não me lembro seu nome todo – era Jorge Fuentes, Jorge Rios, algo assim, um sobrenome com sonoridade de águas. Aportou em Curitiba como se chegasse a Jerusalém ou Amsterdã, uma vaga certeza de que ali existiam ruas, casas, pessoas; e que essas pessoas poderiam repartir com ele uma refeição ou um pouco de afeto, como em qualquer cidade do mundo. Gostou do prédio da Biblioteca Pública – e ali na rampa de acesso à biblioteca abriu sua mochila e sobre um pano de veludo expôs seu tesouro, brincos e colares de arame dourado e umas pedrinhas cintilantes de duvidoso cristal. Não sei se ganhou o suficiente para comer seu primeiro dia ou dormir sua primeira noite; mas voltou na manhã seguinte e nas outras manhãs, estendendo suas joias na rampa que agora era sua, meticuloso e exato como um deus.

Jorge Fuentes ou Jorge Rios, nunca saberei ao certo seu nome, adotou a Biblioteca de tal forma que ficou custoso imaginar a Biblioteca sem ele. Vê-lo feliz era deixá-lo dissertar sobre suas criações – jamais exigia que lhe comprassem algo. Em pouco tempo construiu uma fiel clientela de interlocutores e os que se detinham hoje voltavam no dia seguinte. Para não dizer que não cobrava nada, às vezes filava um cigarrinho; e muito raramente um pastel no bar da esquina, de onde vigiava, com seu longo pescoço de pássaro, o tapete de preciosidades abandonado na rampa.

Um dia, uns garotos que estudavam ali perto, e costumavam folgar uns quinze minutos com ele, viram Jorge se afastando ao lado de uma mulher de certa idade, toda de preto. Gringo, Gringo, puseram-se a chamar; Jorge despachou-os com um olhar recriminador por cima do ombro; a dama nem se voltou, altiva e misteriosa como numa tela de Velázquez.

Quem era ela?

Todos os dias, às quatro da tarde, a velha dama reaparecia. Postava-se, muito digna, a uma discreta distância, e esperava que Jorge Fuentes (ou Jorge Rios, nunca saberei ao certo) recolhesse o pano de veludo com tudo o que havia dentro. Seguiam até o ponto de táxi da Ébano Pereira, ao lado da Biblioteca, e sumiam diante dos palpites e conjecturas mais extravagantes.

"Deve ser tia dele", arriscavam os mais inocentes. "Que nada" – retrucavam os maliciosos – "o Gringo deve estar faturando a velhota."

Nem uma coisa nem outra. Jorge elegeu-me seu confessor e contou, no seu áspero castelhano, a história que a seguir traduzo.

Espanhola, viúva de um confeiteiro. Interessou-se por uma miçanga de pedrinhas azuis. Desinteressou-se da miçanga e confessou-se solitária. Saudosa do idioma pátrio: o cavalheiro (Jorge) aceitaria um convite para um chá? "Quando?" "*Hoy, si puede usted.*"

Já íntimos, algumas horas depois do chá, ela lhe faz a proposta insólita. Antes, mostra-lhe sua coleção de vestidos, de quando era moça, longos vestidos muito acinturados. Jorge relutou a princípio, depois aceitou o jogo da velha dama. Escolheu um verde-malva, vestiu-o, e foram para o jardim. Um homem magro, de cavanhaque, um olho meio estrábico, metido num vestido de mulher. Quis rir, mas as regras do jogo eram rígidas. Nada de risos. Que fizesse apenas a coreografia que a velha senhora lhe indicava: percorrer as aleias do jardim, ocultando-se de quando em quando atrás de um arbusto – fugidia miragem. Ela o perseguia naquele labirinto de troncos e folhas – "*Juventud, juventud*", clamava, tentando alcançá-lo e à imagem que outrora lhe pertencera, que fora ela própria, e que agora se esbatia no grosseiro arremedo que se esgueirava furtivo pelo jardim.

Jorge Fuentes, ou Jorge Rios – lembro apenas que seu sobrenome guardava uma sonoridade de águas – continuou a frequentar a casa da velha senhora, cada vez um novo vestido, a mesma e inocente pantomima. Até que um dia sumiu da rampa de acesso da Biblioteca Pública, engolido por esse mundo que um dia nos sumirá.

E a velha dama? A ver seus vestidos, talvez. Ou talvez, quem sabe?...

COMO EU SERIA MULHER

Às vezes eu fico pensando em quem eu seria se tivesse nascido mulher. Convenhamos: isso poderia ter acontecido a qualquer um de nós. Se o leitor ou leitora nunca pensou nessa possibilidade, sugiro que exercite sua imaginação e visualize-se pertencendo ao sexo oposto ao seu. Pode parecer estranho a princípio, mas existe um imenso território a explorar. E o mais importante: ao fim e ao cabo dessa experiência, aposto que você irá descobrir coisas inusitadas a seu respeito, sensações e percepções que o papel sexual que nos foi imposto expurgou para sempre de nosso horizonte existencial.

Eu, se fosse mulher, seria hoje uma velhota assexuada meio corcunda. Me chamaria Jamile, evidentemente, a turca Jamile, pois creio que meus pais não abdicariam de me colocar esse nome, cujo significado, em árabe, encerra todas as expectativas que eles tiveram em relação à minha beleza física. De posse de tal nome, e vigiada por severa educação, eu acabaria cursando o magistério e recebendo meu primeiro beijo de amor aos 22 anos, não sem experimentar um terrível sentimento de culpa. Emocionalmente perturbada, eu mergulharia de cabeça nos livros e me tornaria uma espécie de Marilena Chauí, franqueando minha cama a qualquer filósofo, desde que viesse impresso e metido numa rica encadernação azul.

Instada a me casar, aos 28 anos, sob ameaça de me tornar um fardo insuportável se não o fizesse, acabaria aceitando em matrimônio um carequinha gorducho, funcionário burocrático da Universidade, cujo único atrativo era usar um bigodinho à Heidegger, sem nenhuma das qualidades do mestre da Floresta Negra. Cinco anos de consórcio e eis que o homenzinho me abandona por causa de uma boliviana, muito mais tolerante que eu em relação à bebida. Não que eu o recriminasse, mas vê-lo cada dia mais carequinha e vermelho, os botões da camisa prestes a estourar na barriga, causava-me grande desalento. Voltei novamente aos filósofos, com sede redobrada, enquanto ele mitigava a sua com caixas e caixas de cerveja.

Meio espírita, meio católica, meio Igreja Universal e um pouco ateia também, em louvor às leituras de marxismo vulgar feitas na juventude, eu acabaria criando meus dois filhos e mantendo uma prudente distância dos homens em geral. A essa altura meus filhos já teriam dado no pé – visitas esporádicas em algum domingo ou véspera de ano novo, sempre a implicarem com meus gatos, minhas roupas antiquadas, os dois maços de cigarros que fumo por dia. Prova de afeto e gratidão, me presenteariam com meias de lã, latas de bolachas e um relógio que marcaria sempre horário de verão até se esgotarem as pilhas.

Duas vizinhas do prédio me fariam as vezes de amigas: uma loira da pá virada, do terceiro andar, famosa por suas investidas sobre os porteiros, e uma viúva asmática, do térreo, cujo filho policial sempre lhe pedia para intermediar alguns dos meus cigarros. Juntas as três, falaríamos de Deus e o mundo – do filho do açougueiro que virou travesti, do padre que se engraçou com a mulher do fotógrafo, do vereador que a cada seis meses aparece com um carro novo.

Findo o falatório, cada uma no seu canto, o abraço frio da solidão. A pouca louça do almoço ainda na pia. Pelos de gato, agora tão visíveis no sofá bordô. A lâmpada muito fraca da sala. A torneira do banheiro, que só de noite insiste em pingar. A dorzinha enjoada da ciática, escorregando por baixo da omoplata. E o olho esquerdo, tão fraquinho, que já não distingue um o de um a – de que jeito voltar a ler os filósofos?

Jamil Snege (1939-2003) nasceu e viveu em Curitiba e a cidade é uma presença constante em seus livros. Publicou onze livros e apesar de receber ofertas de grandes editoras, sempre optou por fazer seus livros de forma independente ou com editoras locais. Jamil Snege é fundamental para a literatura de Curitiba e brasileira, seus textos influenciaram muitos autores e sua visão sobre a vida é única. Entre seus livros estão *Como Eu Se Fiz Por Mim Mesmo*, *Tempo Sujo* e *Viver É Prejudicial à Saúde*.

Este livro foi produzido no Laboratório Gráfico
Arte & Letra, com impressão em risografia
e encadernação manual.